The Reasons to Stay in This World

# Lucy Caldwell

# 留在这个世界的理由

[爱尔兰] 露西·考德威尔 著

颜 歌 导读 刘 伟 译

上海译文出版社

献给威廉，
以及把你、我们带到这里的、现在的一切

我在这个世界上只不过是一个陌生人

我在这个世界上只不过是一个陌生人

我在高处有一个家

在另一片土地上

如此遥远

如此遥远

——范·莫里森①《星上数周》

① 范·莫里森（Van Morrison），1945年生于贝尔法斯特，著名歌手、作词家、作曲家和演奏家。

# 目 录

序 水的丰盛
——露西和露西·考德威尔的小说 颜 歌 …………1

阿里阿里哦 ……………………………………1
十三岁 …………………………………………15
毒药 ……………………………………………51
逃生路线 ………………………………………85
杀戮时间 ………………………………………99
穿越衣柜 ………………………………………121
我们在这里了 …………………………………135
追逐 ……………………………………………163
不可磨灭 ………………………………………183
塞浦路斯大道 …………………………………197
留在这个世界的理由 …………………………211

# 序

## 水的丰盛

——露西和露西·考德威尔的小说

颜　歌

二〇一九年秋天，我和露西去爱尔兰金赛尔（Kinsale）文学节做活动，宣传《多种多样：爱尔兰新小说》。这本由她主编的合辑里收了我的一篇小说。作为主编和作者的我们从初夏开始，已经一起在爱尔兰和英国陆续做了好几场活动。在斯坦斯特德候机时，我告诉露西我准备在这次活动上读点不一样的，可能从我年初完成的一篇小说里找个片段。"这次我也要读，"她跟我说，"本来我跟主办方说了我是作为主编来参加活动的，不想读自己的东西，可是他们非要让我读一点，我也就带了一篇我前段时间写的短篇。"

我对露西作为作家的盛名当然早有耳闻。她年少成名，出了好几部书，包含长篇、短篇集和剧作集，在英国和爱尔兰收获了不少文学大奖。但说来惭愧，直到那时，我并没有读过任何她的作品。在金赛尔的活动上，我和露西还有主持人坐在一个小教堂里,面对下面长椅上的读者,我先读了我的小说片段,然后她从她的手提包里拿出来了薄薄一沓订在一起的A4纸。

"这是我的一篇新小说,"露西说,"这还是我第一次在公开活动上读它。"

她的声音一如既往地温柔,甚至有些羞涩,接着她把纸展了展,坐直了些,开始念:

事物的名称

我们在谈论莫妮卡·莱温斯基。我的朋友在谷歌上搜索她,陷入了深夜的互联网兔子洞,然后她意识到,当那一切发生时,她只有二十二岁。

妈的,我说。

我懂。才二十二岁,对不对?

我们俩都没再多说什么。心不在焉地,我们来回摇着各自的婴儿车。有时候就算宝宝不在车里我也会摇婴儿车。有时候我来回摇超市购物车。

当露西读着这些句子的时候,她的声音改变了,不再是那个我熟悉的温和而纤弱的声音，变得浑厚用力。当她念对话的时候，她的声音里甚至有某一种我不曾听过的口音，那是故事里的女人，住在伦敦的来自北爱尔兰的女人。

我听她念这个故事，那么地简单、直接、深刻、有力。而台下本地的观众，她们的银发被透过教堂花窗的阳光染出了瑰丽的颜色，听露西在台上念："……你还记得那个时候你是怎么想的吗？……"我无法从观众克制而祥和的面部表情猜测出她们的想法，是不是也想到了那时候我们对莫妮卡·莱温斯基的轻蔑和憎恨。

露西说："……那只是一种表达方式。"

我和露西在金赛尔待了两天，反复地去本地的一家小酒馆吃饭，喝着白葡萄酒聊天。"你读那个故事，听得我起了鸡皮疙瘩，"我说，"实在是太棒了。幸好我在你之前读了，不然我简直没脸读我的。"

"你太客气了，"露西说，"我最近在写这样的一些故事，希望能再做一个短篇集。"

"我真的太喜欢你读的开头片段了。"我说，"真想把整个故事都读完。"

"我可以把打印稿给你,"露西说,"你不介意的话。"

从爱尔兰回到英国,在从斯坦斯特德机场回诺里奇的火车上,我握着那沓A4纸读完了那个故事。*Words For Things*。露西的句子像水一样透明而柔和,铺展开来又像刀一般锐利和深刻。故事里的场景,从现在到过去再回到现在,陈列在一起聚集成一个丰盛复杂的、向内衍生的漩涡。故事结束的时候,火车窗外最后的天光正要隐去,而我被卷入了漩涡的底端,眼睛里全是泪水,胸口被一种我从来没有体验过的力量紧紧地挤压,那是一种纯粹而凝练的文学的力量,一种激昂而宏大的女性的力量。

从那时候起,我开始读露西的小说。虽然我们年龄相仿,生活上也是亲近的朋友,但我是用读经典的心情来读她的故事的。露西·考德威尔的作品平易又精练,细腻又透彻,激进又充满同情,它们实现了两种在我此前的阅读和写作体验中似乎不可能同时见到的状态:又是雄浑的,又是女性的。考德威尔是我们这个时代超凡的女性小说家——在这里,"女性"并不是作为定语来限制和分类,而是作为中心语的一部分来强调和升华。在她的故事里，无论是《十三岁》《杀戮时间》，还是《人们对你说出所有秘密》《陶罐》，女性都是作为个体存在。在社会、伦理、宗教的系统性和性别桎梏里，她的角色们如水般存在着，或在深井中，或在激流里。考德威尔用节制而充满张力的语言描绘她们的存在，不是立意于表达反抗，也并非希望达成申诉，她平静、幽微、多样的叙事表达就是这宏大的力量本身。

在她获得BBC短篇小说奖的故事《所有人都刻薄又邪恶》里，考德威尔的标志性叙事方式无处不在，且全都精妙入神。第二人称的叙事快速地为文本建立了一种亲密又略带疏离的语调（考德威尔是第二人称叙事的高手，她的第二人称故事的成功和近年来英语世界里用"你"来讲故事的流行不无关系）；《圣经》故事的引入带来文本互涉（intertextuality）的丰富隐指和层次；看似轻描淡写的笔法一触而多发，推动故事，塑造内心，搭建鲜活的背景；每一次的情节加速都自然且微妙，展开我们之前不曾料到的那些人物内心的幽微和曲折；在故事的进程中，我们被自然而然地引导着往前走，对情节的去向丝毫无法预知，却充满了兴趣和期待；这样的期待不断地爬升，直到故事的结束——考德威尔的故事总是结束在最完美的节点上，让我们的期待同时落空而又被满足，让故事虽然完结却依然保持着在我们内心的回响。

每次和其他写作者讲到短篇小说，我都会说每一个短篇故事应该至少包含两个故事，一个被讲述的故事和一个没有讲出来的故事。而露西·考德威尔短篇小说的丰富性往往远远超出了双重，我时常惊叹她如何在一个几千字的故事里囊括那样的一个宇宙：城市、国家、宗教、战争、历史、政治、人物，各自的过去，不自知的内心，所有矛盾、挣扎、和解和凝视。正像爱尔兰作家凯文·鲍尔（Kevin Power）所说："没有人可以在一篇短篇小说里融入比露西·考德威尔更多的东西，也没有人可以比她看起来做得更少。"

去年六月，被新冠延期了三年之后，我终于去到了贝尔法斯特，和露西一起参加一个文学节。这一次是为了宣传我的英文短篇小说集，她作为文学节的资深顾问和我的活动的主持人，我作为新书作者。活动后，露西的朋友、北爱作家以及女王大学英语系教授格伦·帕特森（Glenn Patterson）来找我们喝酒，格伦跟我讲到露西写完她长篇小说的第一稿之后，他曾经陪着露西把故事里面所有出现的街道都重新走了一遍，观察现实，对照历史，确保故事里的细节都准确无误。

第二天，格伦开着车，和露西一起带着我参观贝尔法斯特的街道和它众多的、当年为了阻隔手榴弹而修建的"和平墙"。格伦一边开车，一边如数家珍地告诉我哪一年哪一月在这个路口、这条街、这栋楼边上有了暴乱、枪战，死了多少多少人。我们沿着香克尔路(Shankill Road)开，在黑山的阴影下。忽然地，我想到了露西笔下的那些贝尔法斯特的少女，那些尖锐的、眩晕的、肆虐的时刻们，想到了《阿里阿里哦》里坐在母亲车里穿行在这座城市的三姐妹。我们的车开了快三个小时，从西边开到北边，最后开到了东贝尔法斯特，露西长大的地方。

"你要去看露西的壁画吗？"格伦问我。

"别闹了，格伦。"露西说。

"露西的壁画？"我说，"我当然要去看了。"

"必须去看，过了这条街就是。"格伦说。

那是一个贝尔法斯特少有的艳阳天，水泥混凝土的路面被照得发白发亮，显得两侧的楼房更加陈旧而荒凉。很快，我看到了那面伫立在街边花园后的高墙，占据整个墙面的一幅巨幅壁画，上面约有十个人物，都来自东贝尔法斯特，有乔治·贝斯特（George Best）、范·莫里森，还有露西——她标志性的齐肩直发，清澈的眼睛，微笑着，就在群像的正中间。

"你俩要不要去跟考德威尔合个影?"格伦说。

2024年5月7日于英国诺里奇

# 阿里阿里哦

大船在阿里阿里哦上航行,你最小的妹妹正在唱,阿里阿里哦,阿里阿里哦,在九月的最后一天,大船在阿里阿里哦上航行,阿里阿里哦。每唱到副歌部分,她都会放开嗓门。阿——里阿里哦,阿——里阿里哦,阿——里阿里阿里哦——①

你想大吼一声让她闭嘴。你用拇指压住右耳,额头靠在车窗上,好让注意力集中起来。你感觉你们在去冰碗②的路上。但你不能确定。外面在下雨,车窗上的雨渍让你无法看清一闪而过的街道的名字。此外,你们玩的那个游戏让到处看上去都不太一样了。熟悉的地点出现在意想不到的时间,好像距离出了问题,或者它们压根儿就没有出现,因为你们太早开上错误的路,又太晚转回正确的路上来。你一度很喜欢这个"迷路"的游戏。每次你妈妈提议,你和你大妹妹(后来她成了你唯一的妹妹)都兴奋得难以自持。有一次,你们一直开到皮奇游乐园,乘着一只巨大的塑料天鹅在湖上游荡。还有一次,迪克森夫人公园在举办嘉年华会,有氦气球和脸部彩绘游乐项目,你画了一只老虎,你大妹妹画了一只蝴蝶。油彩温暖的蜡质感留在脸颊上。

你现在意识到了,那肯定是你妈妈计划好的,并以某种方式诱导了你们的选择。你以为她今天没有什么安排。她怎么会有呢?衣物熨了一半,还剩一大堆没干透的床单,炉子上的砂锅炖菜还没熟,收音机发出低沉的嗡嗡声。就在这时,她说,我需要离开这里。你们三个人正围着餐桌互相追逐,穿过暖房再跑回来。你们停下来,看着她。

船长说,永远行不通,永远行不通,永远永远行不通,你的小妹妹还在唱,随着时间流逝变得愈发亢奋。

闭嘴,你在心里尖叫,闭嘴!

你的整个身体都燥热而潮湿。你的紧身裤是羊毛做

---

① 《大船在阿里阿里哦上航行》(*The Big Ship Sailed on the Ally Ally Oh*)是一首苏格兰儿歌。
② 冰碗(Ice Bowl),指 1986 年建成的邓纳多德国际冰球馆,是北爱尔兰唯一的公共奥林匹克规模的冰球场。

的，让你双腿刺痒。你把额头紧紧贴在车窗上。

是去冰碗的路：肯定是。也可能是去印第安纳乐园，那里有攀爬绳网、海洋球池和自由落体。有那么一瞬间，你感觉到了坐在自由落体边缘的刺激感，双腿悬空，双手交叉放在胸前，然后工作人员朝你大喊，走，走，走！

但是你妈妈说，她再也不会带你们去那里了，因为有传言说海洋球池里有只老鼠，它应该是靠打翻的宠物雪泥①和吃剩的薯片活了下来。那是一只巨型老鼠，一个变异品种。一整个老鼠家族。在幼儿游乐区，老鼠咬住一个婴儿拖到塑料球下面，把他的眼睛咬了出来。连学校门口的妈妈们都在谈论这件事。

船长说永远永远行不通，在九月的最后一天。阿——里阿里哦，阿——里阿里哦，阿——里阿里阿里哦……你小妹妹上气不接下气地唱。妈妈，她说，阿里阿里哦是什么意思？

嗯，你妈妈说。我觉得应该是大西洋。"阿里"（Ally）代表"阿特拉斯"②；"哦"（O）代表"海洋"。然后那艘大船是泰坦尼克号。红绿灯直走还是左转？

---

① 宠物雪泥（Slush Puppy），美国产的非碳酸冷冻饮品。
② 大西洋（Atlantic Ocean），也音译为阿特拉斯洋。

直走，你大妹妹说。

好嘞，你妈妈说，然后踩下油门。

油门踩到底，速度加到顶！你大妹妹模仿你爸爸的样子说，然后你妈妈笑了。在那一瞬间，你恨你妹妹。

不是泰坦尼克号，你不由自主地说。泰坦尼克号是四月二日从贝尔法斯特、四月十日中午从南安普敦起航的。不过有可能是北极号蒸汽船，你忍不住补充道。北极号蒸汽船是九月底沉的船，它是当时世界上速度最快、名气最大的船，但它在纽芬兰海岸跟法兰西维斯塔号蒸汽船相撞，船上的人几乎全部遇难。

你妈妈从后视镜里瞥了你一眼。是书上说的吗？她问。

不是，你说，脱口而出。是从学校里学的。

你的脸因为撒谎而发烫，你相信她能看到。你说，这是真的。北极号蒸汽船出事后，航运公司承诺改革他们的安全规定，但泰坦尼克号的悲剧在于，所有人都认为它是不会沉没的。

妈妈！你大妹妹说。

哦，对不起，你妈妈说。不要紧，看，前面还有一组红绿灯。

我想选，你小妹妹说。为什么我从来不能选？

你当然可以选。

不，我从来没选过。

姑娘们，你妈妈说。然后她对你小妹妹说，好吧，直行还是右转？

你小妹妹在她的儿童座椅上扭动身子，开心地拍着手。右转，她说。我是说直行。不，右转。

你确定吗？你妈妈说。

确定。不……确定。不许笑我。妈妈，告诉她不要再笑我了。

我没笑你。

你笑了。你在脸下面笑我。

在脸下面笑你？

是的。

姑娘们，我警告你们。

我什么都没干。

不，她笑了！

好了，你妈妈说，我要右转了。她打开转向灯，驶入右转车道。你妈妈的声音突然再次雀跃起来。我要离开这里。你们都把鞋穿上，我受够了。

现在你整个身体都在发痒。

北极号蒸汽船的船长是詹姆斯·鲁斯,你说。他站在一个木箱上,跟自己的船一起沉了下去,但造化弄人,箱子又浮出了水面,他紧紧抱着它,直到两天后被救起。但是,他那个体弱多病的儿子威利遇难了。船上所有的孩子都淹死了,所有妇女也是,因为惊慌失措的船员们自己挤上了救生艇。

你被禁止读那本书,你大妹妹说,是不是,妈妈?

A,我是被禁止在睡前读。你能听到自己的声音在颤抖。B,我没有读,我是在背诵。

妈妈?你大妹妹说。

你跟你妈妈在后视镜里对看了一眼。你猜不出她的心思。你一度以为她的后脑勺真的长了眼睛:她就是这样知道了你和你大妹妹在干什么。当知道真相后,你简直有些失望。

你把这些都背下来了,你妈妈说。

你不知道这是一个问题,还是一个警告。是的,你说。

你等着你妈妈说些什么,但是她没有,你大妹妹扭过头从座位的缝隙中看了看你,然后又失望地回过头去。

《世界大灾难!》。你用生日购书券买了这本书,一开始，你父母嘲笑你的选择。里面有泰坦尼克号，还有北极号蒸汽船。一九三七年五月六日，兴登堡号空难；一九七六年七月十日，意大利梅达镇的伊克梅萨化工厂反应釜爆炸，导致二噁英云团被泄漏到大气层中，那是人类已知毒性最强的化学物质之一；一九四二年十一月二十八日，椰子林夜总会大火，起因是一对情侣想在黑暗中接吻，他们把灯泡拧了下来，然后一个十几岁的勤杂工试图把它拧回去。

在最后的空白页上，你列了一份秘密清单，是这本书出版之后发生的世界性灾难。只有那些最严重的才有资格列入其中，一次性造成几百人死亡的灾难，一举毁灭整个城市的灾难，世界大片区域被永远毁灭的灾难。台风，季风，地震，泥石流。特技飞机在表演过程中相撞并砸向人群。北海的钻井平台爆炸。有毒气体泄漏。一九八六年四月二十六日，切尔诺贝利核电站的第四个反应堆发生熔毁。几个小时后，苏格兰上空就检测到了辐射。在晴朗的周日，你能从克洛弗本看到苏格兰海岸，中间仿佛没有距离。你最近加上去的，是一九八九年三月二十四日威廉王子湾的埃克森公司瓦迪兹号油轮石油泄漏事件。你把书藏在琴凳下面，只有真正需要的时候才拿出来。有时候，光是知道它在那里，就让你感觉欣慰。有时候你又希望你的父母能彻底把它禁止。

上山的时候，路变窄了。现在雨下得更大了，猛烈拍打着车的右侧。你能感觉到汽车在摇晃，好像它在发抖。

我们迷路了吗？你小妹妹说。

有可能，你妈妈说。

这只是一个游戏，你对自己说。这只是一个愚蠢的游戏。你们现在可能在乡下。树丛，泥巴和田野。道路蜿蜒曲折，攀升得越来越高。

姑娘们，我们马上就能看到城市的全景了，你妈妈说。

你怎么知道的？你大妹妹语调里满是责备。如果你不知道我们在哪里，你又怎么知道我们会看到什么呢？

对不起，你妈妈说，但她从后视镜里跟你对视了一下，你知道她是故意的。

车转了一个弯，你妈妈放慢了速度。这边请，她说。

你伸长脖子看了看她那边窗外的景色。

那是什么？你小妹妹说，这是哪里？

我能看到一些牛，你大妹妹说，还在生闷气，还能看到一些农田，一些雨。哦天啊。

天气好的时候，你妈妈说，这里有全世界最好的风景。天气好的时候，你能看见整座城市，看到立在船坞上的参孙和哥利亚①，看到皇后岛，然后视线越过海湾，看到对面的凯弗山、迪维斯和黑山，所有那一切。好像你能把它们都舀起来，捧在手心里。

我记得你说你不知道我们在哪里，你大妹妹嘟囔着说。

一到这里我就明白了，我们要去的就是这里，你妈妈说。

黑山，你小妹妹说，我去过黑山吗？

没有，你妈妈说，你没去过。

为什么？

因为我不熟悉那边的路。你妈妈说。

但总有一天我们能去吧。

会有那么一天的，你妈妈说。

有那么一会儿，唯一的声音只剩下指示灯的咔嚓声和雨刷来回摆动的声音。你小妹妹还不知道，"会有一天"

---

① 参孙和哥利亚，贝尔法斯特哈兰德&沃尔夫船厂的两座塔吊，位于皇后岛，都粉刷成蓝色，是贝尔法斯特的标志性风景。

意味着永远不会。她不知道，有些地方你们永远不会去，不会特意去，也不会顺路去。一个错误的转向，一个错误的辅音。就这么简单。

我第一次来这里是黄昏，你妈妈突然说，是你们爸爸载我来的，来看整座城市的灯亮起。就是在那个时候，我想，是的，我可以在这里生活。

你总说让我们长大，然后离开，你说。

我说了吗？你妈妈说，不，我没说。

你说了。

你说了，妈妈。你大妹妹插嘴道。

好吧，我可能说过，偶尔吧。可能所有的父母都会这么说。我们可能不是有意的。我们可能只是想说，把你的世界变成一个更好的地方。

她坐了一会儿，然后摇摇头叹了口气，检查了一下后视镜，关掉指示灯，车子又启动了。

我们要回家了吗？你小妹妹说。

你妈妈看了看仪表盘上的时钟。上面显示时间是四点十七分。

我不知道，你妈妈说，你们觉得我们能找到回去的路吗？

你的小妹妹开心地用脚后跟踢着座位。阿里阿里哦！！她尖叫道。

哦，别再唱那首歌了，你大妹妹说，她就像个坏掉的唱机，是不是，妈妈。

我才不是，你小妹妹说，妈妈，让她说对不起。

她不是有意的，你妈妈说，我不是告诉过你们吗，我小时候也经常唱这首歌。

真的吗？你小妹妹说，忘记了自己被冒犯的事。

我一直以为它说的是泰坦尼克号，你妈妈说，但我现在改过来了。

你真的经常唱吗？你小妹妹说。

我们还有一个跟它配套的游戏。大家都拉着手，从彼此的怀里来回穿梭，最后滚成一团。我很多年没想起过这个游戏了。我们喜欢在我们的街上玩，每次都有十几个人。

在曼彻斯特吗？你小妹妹说。

在曼彻斯特。

那时候你还是个小女孩，你还没长大，没有遇见爸爸，也没有搬到这里来生下我们，你小妹妹说。

是的，你妈妈说，我想大概就是这么回事。

这条路带你们经过四季风①，你的钢琴老师曾经住在那里。然后你们将汇入巨大的双车道马路。从这里开始，谁能指挥我们回家？你妈妈问。然后你小妹妹说，我！我！你大妹妹说，真没意思，只要一直走就行了。

你小妹妹不再唱歌，但那首歌一直在你脑中循环播放。

我们都把头颅浸在深蓝色的海里。

海不是蓝色的，你想。海有厚厚的、灰绿色的雾墙，汹涌湍急，白浪滚滚，温度濒临冰点。巨大、肮脏的锯齿状冰山若隐若现。你爸爸讲过一个关于泰坦尼克号的笑话：她离开我们的时候还好好的。

你用手掌擦拭窗户上的一块地方，把凝结的水珠擦干净，但几乎什么也看不见，看不见迎面驶来的车头灯的光晕，看不见前面车辆的红色尾灯，也看不见雨。

---

① 四季风（Four Winds），贝尔法斯特的一处区域，在四季风港口附近。

# 十三岁

七月第一天，苏珊·克拉克和她的家人搬到伦敦去了，去开始新的生活。按照苏珊妈妈的说法，他们受够了。她实在无法继续忍受它。"这个国家。"她对我妈妈说。

"这个国家。"我妈妈也对她这样说，然后她们都没再说别的。

从幼儿园开始，我和苏珊就是最好的朋友——比幼儿园还早，我们总是对彼此这样说，实际上，从我们街道交会处卫理公会教堂大厅的母幼聚会[①]就开始了。我不记得那么久远的事，只留模糊的印象——塑料杯里的橘子汽水，布满灰尘的带花边的饼干，地板抛光剂的味道——但我不记得没有她的生活，更不要说去想象了。

我们哭着一次次拥抱，发誓每隔一天就给对方写信，整个夏天我们都做到了。我的大包信件都用火漆印章封在信封里，她的信则折成"东南西北"的形状，每个尖尖的翻盖下面都写着不同的、你知我知的笑话。

我和我爸爸在地图上查找伊灵这个地方，那是她爸爸的故乡，现在他们又回那里去了。在他们新家街道的拐角处，有一个叫绿色港湾的小公园，有好几个星期，我都把它看成了天堂[②]。

随后，九月来临，苏珊的信变了。我反复阅读这些信，试图找出问题所在。它们跟以前一样事无巨细：实际上，更详细了，因为她已经开始在新学校就读，有太多事要讲给我听。但它们不知为何令人感觉空洞、仓促。她不再做折纸了，而是写在普通的纸上，从文件夹上撕下来的纸，折得歪七扭八。我妈妈说，她就是太忙了。但是接下来信的数量也开始减少。从一周三次变成一周两次，然后变成了一周一次。她不再提醒我那些新出现的人是谁，所以她的故事变得混乱，然后逐渐无法看懂。我若回信询问，她会忘了回答。我没有任何新东西能讲给她听。所有的一切都跟以前一模一样，只是缺少了她。

每天晚上，我都花好几个小时把当天的情况编成故

---

① 原文为 Mothers and Toddlers，是英国各地卫理公会教堂举办的母亲和幼儿小组的聚会。
② "绿色港湾"的英文是 Haven Green，"我"误以为是 Heaven Green。

事来逗她开心。麦克尼尔先生在科技课上说了什么；有人看到赖斯小姐和一个剃光头、穿马丁靴的男人在城里手牵手。当我没话可说时，我就重述那些旧事。我写初中入学考试结果出来的前一天晚上，我们在银叶咖啡店楼上吃香肠和薯条，然后去斯特兰德看了《宝贝小情人》①，当托马斯·J.去世的时候，我们哭得稀里哗啦，然后又破涕而笑；接下来那一周，我们交换了从"新鲜垃圾"②买的心情戒指③；我写那次我们偷了迈克尔的世嘉游戏机，花了一整个周末玩《刺猬索尼克》，直到找出打败蛋头博士的办法，才结束了这个游戏，当迈克尔发现我们先通关的时候，他简直气疯了。我写那次复活节期中假，我们坐着我父母的旅行拖车去南方，肩并肩睡在那张双人沙发床上。我写那些午后时光，我们给大西洋二五二长波电台打电话，就是为了赢得那个会跳舞的果提尼鸡尾酒罐子，它现在还放在我的窗台上。我还用我们创造的秘密语言写了一些段落。

---

① 《宝贝小情人》(*My Girl*)，由安娜·克拉姆斯基和麦考利·卡尔金主演的电影，上映于 1991 年。
② 新鲜垃圾（Fresh Garbage），一家售卖衣服和饰品的商店，位于贝尔法斯特市中心，迄今已有五十多年的历史。
③ 《宝贝小情人》电影中出现过的道具。

我的信越来越长,而她开始在信里说,下次我会好好回复你。

我十三岁了。苏珊打来电话唱《生日快乐》歌。她的声音听起来不一样了:更圆润,更响亮,好像她的嘴巴里多了很多空间。她开始说"酷"和"太赞了"这样的话。有史以来第一次,我不知道该对她说什么,后悔没有列个清单,像以前我们为了防备有男孩打电话约我们出去时所做的那样。在第三次或第四次沉默之后,她说:"好吧,我得挂了。"这几乎让我松了一口气。虽然她说了不能参加我周六晚上的生日聚会,但我一直暗自希望她能够出现。不过,当我挂掉电话的时候,我确切地知道她不会来了。

十三岁生日聚会是我一生中最糟糕的夜晚。我不知道该邀请谁,于是邀请了班上的大部分同学。我父母把客厅的家具推到墙边腾出地方,还做了披萨和炉烤薯条,摆上了大瓶大瓶的施乐饮料。在最后一刻,我妈妈从布鲁姆菲尔德大街的面包店搬来一个巧克力蛋糕,它装饰成手提包的样子。"我们原本打算中间拿进来,"她说,"但我们不想让你在朋友面前尴尬,所以现在就给你吧。"

"哇,"我说,"谢谢。"努力让自己看起来充满感激。

"你知道吗?"过了一会儿,她理了理我的马尾辫,说,"每次派对,我都担心没有人来。"

"是啊。"我说。但我没法向他们解释,虽然我很担心他们不来,但我更担心他们来。终于,门铃响了。"你瞧?"妈妈说。

"玩个痛快。"爸爸说,朝我眨了眨眼睛,表示他们不会介意喧闹声,然后便像他们承诺的那样上楼去了。

大约半个班的同学都来了,有男孩也有女孩,人数足够了,让这不至于成为一场灾难。但是,当披萨和蛋糕被一扫而光、男孩们也玩腻了用吃剩的薯条互相投掷的把戏后,大家一致决定玩真心话大冒险。他们说,因为我是寿星,所以我必须第一个来,维姬·肖冲她的小团伙露一个自鸣得意的笑容,然后问道:"你跟人约会过吗?"

我能感觉到大家都在看我。有人咻咻傻笑。

"我们都等着呢。"艾莉森·里德说。

"你没听清问题吗?"维姬·肖说,"那我再问一次,你——跟——人——约——会——过——吗?"

"大冒险。"我说,引来一阵哄堂大笑。

"那好吧,"维姬·肖朝他们大喊道,"那好吧,你的大冒险是这样的。"他们都再次安静下来,等着看那会是什么。"大冒险,"她说,"大冒险,就是你必须跟这个房间里所有的男生约会。"

"别傻了。"我说。

"你必须这么做。"艾莉森·里德说。

"你没得选。"艾玛·J.插话道。

维姬·肖甩了甩头发。她很喜欢这样。人人都喜欢。"我不会这么干的。"我心虚地说道。

"为什么?难道你是同性恋吗?"她得意洋洋地说,"你跟苏珊·克拉克当过同性恋吗?"

听到这里,整个房间的人都疯了,他们吹着口哨,拍着巴掌大喊"真想吐""嘿哟哟哟""同性恋"!

"不是,"我说,"别傻了,当然不是。"我的声音听起来很沙哑。"那太恶心了。"我说。

去年,有谣言说,我们上一级的海伦·罗素在体育课后淋浴时看其他女生,整整一个学期,人们都往她外套后面贴卫生巾,还往她的储物柜门上贴帕米拉·安德森[①]的海报。我们举行过一次关于霸凌的初中生集会,但没有带来任何改变,最终,她的父母把她从学校带走了。有时你

---

① 帕米拉·安德森(Pamela Anderson),著名的《花花公子》女郎。

能在超级马克①看到他们,海伦·罗素紧紧跟在她妈妈后面,眼睛盯着地板,生怕看见认识的人。

我没得选。"那好吧,"我说,"我来大冒险。"

他们用某个人的围巾蒙住我的眼睛,男孩们旋转空施乐瓶来决定他们的顺序。第一个吻还不算太坏,意大利腊肠的气息和干裂的嘴唇,然后就结束了。第二个吻是湿的,口水淋漓,像被一只拉布拉多犬亲吻。第三个吻持续了很久,人们都开始慢慢打拍子了。第四个男孩很用力地把舌头伸进来,我差点背过气去。欢呼声越来越大。有人厉声道:"给她点颜色瞧瞧!"有那么一会儿,这句话变成了一句口号。接下来,第五个男孩抓住我的肩膀,把我按在地上跪着,紧紧贴着他的胯部。当我意识到发生了什么时,我用力挣脱开,一把扯下围巾,人群失去了理智,他们吹着口哨,手舞足蹈地大喊大叫。是保罗·福雷斯特——胖子保罗·福雷斯特,去年在体育课上,他绳子爬到一半爬不动了,当着大家的面哭了起来。他拉上裤子前面的拉链,把眼镜推回那张汗津津的胖脸,安迪·米尔福德跟他击了个掌,说:"好样的,大个子。"

---

① 超级马克,爱尔兰连锁快餐店。

我的双眼在刺痛，我疯狂地眨着眼睛，忍着不要哭出来，我告诉自己不能哭，因为他们都在看着我，看我会不会哭。我意识到，在整个房间里，没有一个人是我的朋友。

那件事之后，我把给苏珊写信的事搁下了。夜里我似乎无法入睡。闭上眼睛的时候，我无法把保罗·福雷斯特的小弟弟从记忆中驱赶出去：我是如何在几秒钟后才意识到那是什么；一开始它如何柔软而富有弹性，散发着霉味，然后它如何通体战栗，隔着四角内裤抽搐，抵住了我的嘴巴。我醒着躺在床上，凝视着天花板上的夜光星星。

一个星期过去了，然后又是一个星期。苏珊给我寄来一张明信片，上面写着"特罗①不能停！"。在背面，她写道：

> 伦敦太太太酷了。我在这里比以往任何时候都要开心。不必总是当唯一的一个，真是一种解脱！

我不知道该怎么回。

聚会上的事在学校里传开了。故事变得越来越夸张，

---

① 指位于伦敦皮卡迪利广场的特洛卡罗德（Trocadero）娱乐中心。

直到有一天，一群高年级的女生问我，我是不是真的在众目睽睽之下给一个男生咬，如果是真的，那我就是一个下流的小婊子。

现在，课间和午餐时间，我孤零零一个人坐。任何结交新朋友的机会都一去不复返。没有人愿意冒着被别人看到的风险跟我在一起。当我们班上要两两分组的时候，我最终跟杰奎琳·邓恩成了一组，她是班上的另一个诺玛。没人喜欢杰奎琳，因为她两面三刀，是我们年级最大的几个碎嘴子之一，又总是爱向老师告密。但她是我能拥有的全部了。她开始邀请我星期六晚上去她家过夜，这样我们就能像维姬·肖、安迪·米尔福德以及所有人如今所做的那样，一起逛遍凯恩伯恩，但每次我都找很多借口。我宁愿一个朋友都没有，也不想让杰奎琳·邓恩成为我最好的朋友。

但是，一个周五的晚上，我和父母一起看电视时，我爸爸说："你的朋友们周末都干什么？"他语气很随意，而且说的时候没有看我妈妈，我就知道了他们一直在讨论这个问题。

我愣住了。"他们就，"我说，"你知道的。"

"为什么不请朋友来过夜呢？"妈妈说。

我的心开始怦怦乱跳。他们不知道生日聚会上的事。

他们对任何事都一无所知。很多次了，我感觉身体里涌起一阵渴望，想把一切都告诉他们，这种渴望像淤伤一样在我胸口蔓延。但我阻止了自己，因为我能想象他们会有多难过，多愤怒，以及最糟糕的是，他们会如何对我关切有加。我还知道，私下里他们会责怪自己，因为是他们坚持让我举办了那场聚会。

苏珊离开的时候，我哭啊哭，一开始，妈妈说过类似这样的话，"你会交到其他朋友的"，还有，"人们当然愿意跟你坐在一起"，以及"做你自己就好"。当她想出办一个大型生日聚会的主意时，她那么开心，以至于我不知道该如何拒绝。

"其实，"我听见自己脱口而出，"杰奎琳·邓恩问我想不想明天去她家过夜。"

"那太好了。"爸爸说。

"你当然可以去，"妈妈说，"你早该告诉我们。我们一直很担心你会觉得孤单。"

"没有，"我说。我觉得自己的脸火辣辣的，所以又站起身说，"我可以用一下你们房间的电话吗？我想现在告诉杰奎琳。"

"当然可以。"妈妈说。

当我离开客厅后，我听见她对爸爸说："我一直都说这是不健康的，把那么大一部分自己交给别人。"

"她是一个忠诚的小灵魂，"我爸爸回答说，"可能她觉得不会再有其他朋友了。可能她觉得那样是在抛弃苏珊。"

"你知道吗，我也一直很好奇，"妈妈说，"我的意思是说，我知道霸凌可能会变得很恶劣。珍妮特·克拉克不止一次在这里为此掉眼泪。"

"你知道的，我很为她骄傲，"爸爸说，"这些年一直陪在苏珊身边。"

我全身的皮肤都在刺痛、在灼烧。我想大声说，**事情不是这样的**。我们两个人谁也不把其他事放在心上。我们曾经施展魔咒，让人们说的话弹回他们自己身上。但随后，我想起了苏珊的最后一张明信片。我不想再听下去了，蹑手蹑脚地上了楼。

午饭后，我走路去了杰奎琳家，这样我们就能利用下午的时间做准备。我们互相给对方化妆。离她这么近，我感觉很奇怪，她的呼吸温暖而潮湿，散发出黄箭口香糖和泰托奶酪洋葱薯片的味道，她的手指触碰着我的脸颊。

在她用乔琳娜[1]漂白过唇须的地方，我能看见白金色的毛发，我知道她也能看见我的。

"你的嘴唇其实挺大的。"她一边说，一边用唇彩的刷头掠过它们。

"谢谢。"我说，不知道该说什么。

"我可没说这是好事。"

我想不出任何回应。

"我就是开个玩笑，"她说，"抿一抿。"

我用嘴唇使劲抿住她递过来的方形纸巾，沾掉了太多唇彩。她翻了个白眼，准备再涂一次，我阻止了她。

"放聪明点，别故作深沉。"她说。

"我没有。"我说。

"我不是说了我在开玩笑吗？大嘴唇很好。BJ[2]嘴唇。"

说这话时，她用余光看着我。她是少数几个我没有邀请参加派对的人之一；除了她，还有那几个《圣经》狂热分子，我知道他们不会来的。好几个星期了，我都等着她提起这件事。但她没有再说下去，只是一层层涂抹着黏糊糊的唇彩。

---

[1] 乔琳娜（Jolene），或为 Jolen，一种染发剂品牌。
[2] 指 Blow Job，口交。

化好妆后，我们开始换衣服。那天我穿了牛仔裤和格子衬衫，但杰奎琳说我应该穿裙子。她打开她的衣柜，里面塞满了衣服，一个衣架上挂着三四件，或者胡乱塞在格子架里，要么堆成一堆。她翻出一条裙子借给我，一件蔻凯牌紫色啦啦队服。裙子皱巴巴的，却是全新的，还带着标签。我怀疑这是她偷来的，或者她希望我这么认为。我们班的女生老是谈论去商店偷东西的事，好引起男孩子们的注意。美体小铺的草莓润唇膏，或者雅典娜商店[①]卖的"接招合唱团"[②]钥匙圈。乌尔沃斯的双色眼影，至少也是一把混合糖果。你们成双成对，或者三四个人一组干这些事，部分是为了分工，有人能盯住保安，更主要的目的是让别人见证你所做的一切。

当我拿着裙子在身上比试时，杰奎琳观察着我的反应。她说："如果你想要，可以送给你。"然后又飞快补充道，"反正我从来没有喜欢过它。"

"我不知道，"我说，"其实它跟我的衬衫一点都不配。"

"废话，"她说，并对着想象中的观众——维姬·肖和艾莉森·里德——窃笑起来。她在一个小隔架上翻了一

---

① 雅典娜商店（Athena），英国贩卖流行文化周边产品的连锁店。
② 接招合唱团（Take That），英国流行音乐组合。

通，递给我一件吊带背心。

"我有很多这样的东西，"她说，"只要我想要，我爸爸就给我买。他太可怜了。"然后她说，"你说什么？"

"我什么也没说。"

"好吧，他就是可怜。他连价签都不看。真是个榆木脑袋。"

"是啊。"我含糊地说。

"你这话是什么意思？'是啊'？你见都没见过他。我只是让你穿上。如果你想要，可以送给你。"

我转过身去脱衣服，但我能感觉到她在看我，我能感觉到她的双眼眯起来，目光在我赤裸的背上滑动。我尽可能快地把背心扯到身上，先穿上裙子，才扭动着脱掉下面的牛仔裤。

轮到杰奎琳试衣服了，我假装在看一本《更多!》[①]。"打赌你在看《双周姿势》[②]，"她说，"你这个小混蛋。"

我们都穿好衣服后，她让我在镜子前摆出各种姿势。"看起来不错，小洋娃娃们。"她说，挽住我的手臂。几秒钟后，我把胳膊抽出来。"怎么了？"她说。我假装在

---

① 《更多!》(More!)，关于女性生活方式的美国时尚杂志，2016年停刊。
② 这是《更多!》杂志的标志性栏目，用图片方式提供性爱建议。

整理我的马尾，但为时已晚。"你知道吗，大家还在说你和苏珊·克拉克是同性恋。"她说，在我应声之前，她又说，"哦，上帝啊，我就是开个玩笑。你连一个玩笑都受不了吗？"

我们走出家门的时候，她对她妈妈喊道，我们要出去了。她妈妈坐在电视机前，脸部浮肿，头发没洗，没问我们要去哪里，也没问我们什么时候回来。我想起那个传言，说杰奎琳的爸爸把她妈妈推出了法式对开门，门破了，玻璃撒得院子里到处都是，并且砸碎了她的锁骨。

我们在大街上来回走了一阵子，没有遇到认识的人，这让我有些窃喜。因为我不想让任何人看见我和杰奎琳·邓恩在一起。随后我又觉得自己这样想有些卑鄙。珍妮特·克拉克总是说："你必须给别人第二次机会，然后是第二个第二次机会，再然后是第三个第二次机会。"我把珍妮特·克拉克的想法从我脑海中赶了出去。

天开始下雨了。我们坐在候车亭里，看着马路对面，在霉旧的茶室门口，几个老妇人正在互相道别，她们紧紧握着彼此的手，噘起嘴唇亲吻对方干燥浮粉的脸颊，在她们身后，壮硕的女服务员正把椅子堆到桌子上。想到老人们也有自己的至朋好友，这感觉很搞笑。我试着把这个想法告诉杰奎琳，但她假装误解了我的话，说："你喜欢想象老人做爱吗？太恶心了，你这个变态。"然后兀自大笑。时机过去了，我没有再尝试，我甚至不知道自己一开始是想表达什么意思。我们坐在那里，彼此隔着距离。路灯亮了。银叶餐厅外面人们渐渐排起长队，"我们何不分享一份肉汁薯条呢？"我不假思索地说。

杰奎琳看着我，好像我是个疯子。"你必须得空着肚子。"她说。

"哦，是哦。"我说，想起来时已经太晚了，她的意思是空着肚子让酒精发挥作用。你必须用吸管把酒吞下去，而且必须是空腹。这一点尽人皆知。她洋洋得意地笑个不停，我知道她正在把这件事存起来，准备在星期一的班会上告诉她碰到的第一个人。她可能把整件事都存起来了，从我到她家开始，我说的一切，我做的一切。

我想，我可以一走了之。我可以直接走回家去。只可惜我的衣服和过夜的东西都在她家。只可惜我显然不能那样做。

"我们是要在这里坐一晚上还是怎么着？"我说。

"又故作深沉！"杰奎琳说，"好吧，我们走。"

我们穿过马路来到酒马克[1]，一直站在外面，直到几个要进去的学生答应帮我们买一份外带酒。杰奎琳告诉他们，我们想要一瓶草莓味的芮弗思，并递上钱。从她说草莓芮弗思那小心翼翼的样子来看，我敢肯定她以前也从来没干过这种事，但我们都没有说破。

"你跟苏珊一起喝醉过吗？"当我们转到旁边的巷子等待时，她神态自若地问。我不想承认没有过，所以我也同样轻描淡写地说："有过。"

"你们一般喝什么？"她说。

"哦，"我说，不知道从哪里冒出了我妈妈在诺克高尔夫俱乐部圣诞晚会上点的酒，"大部分时间是潘诺[2]和黑加仑利口酒。"我说，然后杰奎琳安静了。

学生们把酒瓶递过来时，我们都盯着它看了一会儿。"给我。"我说，好像我知道自己在做什么。我把自己的吸管插进去，一口气喝了将近四分之一瓶。它喝起来不像我想象的那么糟糕，有点像报刊亭最下面一格卖的那种红色棉花糖，黏糊糊的，有点融化的感觉。杰奎琳喝过后又递给我。不到五分钟，我们就喝光了一整瓶。

---

[1] 酒马克（Winemark），爱尔兰著名的酒类连锁商店。
[2] 潘诺（Pernod），法国甜茴香酒品牌。

"我们要喝醉了。"她说。

令我惊讶的是，我咯咯笑了起来。我已经能感觉到其中的喜悦了，甜蜜，模糊，刺痛，从胃部蔓延开来，一直延伸到四肢。

"哦，天啊，"她说，"你已经喝醉了。那就来吧。我们可不想浪费掉。"她挽起我的胳膊，这一次我没有挣脱。

我们在路上迤逦前行，像在参加一场糟糕的二人三足比赛。细雨如丝，但身体里有了草莓芮弗思，连雨都感觉不那么湿了。当我们经过一位老妇人时，她对我们喃喃地说了一些话，诸如这样的夜晚，你两人的身影之类。我们开始咯咯傻笑，然后转为一阵大笑，并笑着走完了剩下的路。

当我们到达凯恩伯恩公园时，那里已经有几帮人了，他们在儿童游乐场的长椅边。我们站在游乐场的围栏边，寻找同级的人。唯一的光亮来自凯恩伯恩街上的路灯，远远照到游乐场的另一端。我熟悉凯恩伯恩公园：每天上学我都经过这里，体育课上跑越野赛时，也会绕着它跑。我努力提醒自己这一点。但是在黑暗中，连树木看起来都不太一样了。

"两周前，条子们突袭了公园。"杰奎琳说。

"我知道。"我说。

"他们揪着那些喝了酒的未成年人，带去了局子。"

"是，我知道。"

"你家人会怎么做，碰到这种事？"

"我不知道。"我说。如果我因为未成年饮酒被条子们带走，我的父母会怎么做？想到这，我产生了一种眩晕、痛苦而愉悦的感觉，就像牙齿刚掉下来的时候用舌头狠狠抵住那个血肉模糊的空洞处。"把我关禁闭？"我说。

"这还用说吗，"她说，翻了个白眼，"他们当然会关你禁闭。我是说还有别的吗？"

"不过他们可能也不会。"我说。

我父亲十三岁那年，喝了跟朋友一起做的自酿酒，他们把酒藏在童子军营的地板下面。喝完后，他醉得不省人事。其中三个人把他抬回了家，让他靠在门前的台阶上，好让我奶奶发现他，然后他们按了按门铃，拔腿便跑。

我把这件事告诉杰奎琳，她说："是的，没错，但对女孩来说不一样。"然后她说："我爸会把我打得屁滚尿流。"

我感觉她在看我，我不知道该说什么。我暗自想，人人都知道杰奎琳·邓恩是有史以来最大的骗子。那个关于她妈妈和法式对开门的传言可能是她自己编造出来的，好引起别人的注意。我的身体在发抖。我能感觉到芮弗思的效力过去了。杰奎琳仍在等着我说什么。"也许我们应该继续往前走。"我说。

"什么意思？"她说。

我试着说出来，用一种能让她摆脱困境的方式，免得她是真的害怕她爸爸。"反正看起来也没什么花样了。"

"清醒点吧，"她说，"我们哪里也不去。记得吗，是我付钱买的外带酒。如果我们现在就离开，那完全是一种浪费。"然后她说，"你确定你以前干过吗？"

"什么？"我说。

"我说，你确定以前干过吗？跟苏珊·克拉克，就像你说的那样。"

她在得意洋洋地笑，而我突然怒不可遏，我对她怒不可遏，对我的父母怒不可遏。我已经有好几个星期不让自己想苏珊了，但我现在对她也怒不可遏。我们曾承诺过一起做所有事情。我们发过誓的。我不想跟杰奎琳·邓恩在一起酩酊大醉，不想跟杰奎琳·邓恩一起去见那些家伙。我不想知道杰奎琳爸爸的事。我不想成为她倾诉的对象。我不想在那一年剩下的时间里，在那所学校剩下的时间里，不得不跟她一起做所有事情。我甚至不喜欢她。这不公平，这就是不公平。

"你还好吗？"杰奎琳说。

"不好。"我说。她对此大吃一惊。

"听我说，我很抱歉，"她说，过了一两分钟后，她又说，"我不是有意的。"

"我得再喝一杯。"我说。

"我们没有酒了。"

"得了吧，我又不傻。"

她朝我眨眨眼睛。"我没有那么说……"她说，"我的意思是……如果你想的话，我们可以回去再买一些。"

"我不会一路走到酒水店再走回来的。"

"我去，如果你想的话。"

我看着她，大如满月的脸庞和无辜的眼睛，我意识到她很害怕。她担心自己已经做过了头，她害怕我一走了之。她害怕到头来她需要我超过我需要她。领悟到这一点让我感到奇怪的疲惫。这就是我的生活，此刻，此地，现在，十一月一个下雨的周六晚上，在凯恩伯恩公园，和杰奎琳·邓恩在一起。

"我会付钱的，"她说，"我说真的，我不介意。"

"我们还是问问别人吧。"我说。

"什么意思?"

三个小伙子站在旁边,拎着六罐装的易拉罐酒,"来。"我说,然后朝他们走去。

"哦,我的上帝啊,"我听见杰奎琳说,"你不能就这样。你要干什么?"

但我已经决定了把自己带向堕落。"哎,"我对他们说,指了指他们的六罐装,"能给我们一罐吗?"

"可以,但是要花钱买。"离我最近的那个家伙说。

"多少钱?"我说。

"别闹了,"另一个家伙说,"给小丫头们一罐吧。"

拿着六罐装的人拽下一罐,递了过来。

"谢谢。"我说,然后撕开拉环。我喝了一口,差点没吐出来。这酒又涩又暖,有股腐臭的味道。

"看看她这个乡巴佬,"我听见杰奎琳说,"她应付不了这个酒,太丢人了。"

那群家伙都笑了。

我没理他们:我喝了一口,然后又是一口。

"给我留点,"杰奎琳说,渐渐自在起来,"我可不是说留最后一口。我不想喝你的口水。"那群家伙又笑了,其中最高的那个,黑发,留着心形刘海,说:"你们叫什么?"

"我叫布鲁克,"杰奎琳说,"我朋友叫薇诺娜。"

"薇诺娜?"我说。

"别跟我说你已经醉得不知道自己的名字了。"她说。

"薇诺娜?"心形刘海说,"就像薇诺娜·瑞德[①]?"

"我不叫薇诺娜,"我说,"杰奎琳,我不知道你为什么叫我薇诺娜。"

她瞪了我一眼。

"所以你也不叫布鲁克?"心形刘海说。

"我的中间名是布鲁克。"杰奎琳说,又向我投来一个恶狠狠的眼光。

"你是神经病,你们两个都是。"心形刘海说,但他和他的朋友笑了,又有几罐酒被打开,在他们中间传来传去。

接下来的几分钟主要是杰奎琳在说话,我则大口大口地喝着易拉罐里的酒。她跟心形刘海喝一罐,放肆地痛饮着,表现得越来越醉。我确定她是在演戏。我拼命喝着,

---

① 薇诺娜·瑞德(Winona Ryder),美国女演员,曾出演《剪刀手爱德华》《纯真年代》等。

但感觉还没到那一步。

喝完自己那一罐后，心形刘海敞开夹克，给杰奎琳看一瓶还剩四分之一的伏特加。"我们要不要去溜达溜达，然后喝一场？"

杰奎琳收敛笑容。"但是，问题是，"她说，"问题是我不确定该不该离开我朋友。"

"你朋友不会有事的，"心形刘海说，"对不对？薇诺娜很好。而且还有这些家伙陪着她，放心吧。"

"好吧。"杰奎琳说，"等我一下，"然后她转过身来，把我拉到几步之外，"你要跟他们里面的哪个人约会吗？"她说。我耸耸肩，"说真的，你想吗……""因为如果你不想……"

"你们是在为我争风吃醋吗，小妞们？"心形刘海喊道，然后发出一阵爆笑。

"他很带劲，不是吗？"杰奎琳说，"你能说他不带劲吗？"

"他还凑合吧。"我说。

"你就是嫉妒，"她说，"你就是嫉妒，因为他感兴趣的人是我。"

"你是认真的吗？"我说，"你真这么想吗？"

"哦天哪，你简直嫉妒坏了。"她说。

"我没有嫉妒你，杰奎琳，"我说，"他不是我喜欢的类型。"

"你这是什么意思？"

"我是说，他不是我喜欢的那种男生。"

"你就是想让我放弃他。"

"如果你想跟他约会，那就去吧，去跟他约会。"然后我突然想到，"你以前跟小男孩约会过吗？"

"我当然约会过，"她说，嗓门过于响亮了，"你还好意思说别人。你在那次聚会之前也没约会过，你让那伙人想对你做什么就做什么，在别人眼皮子底下。你就是脑子有病。我觉得你就是个变态。人人都这么说，你知道的。你和那个小黑婊子都是。"

我瞪着她。她退缩了，好像我马上就要对她大打出手。"你都不打算回嘴吗？"她说。

我什么都没说。

"喂，你到底还来不来？"心形刘海喊道。

杰奎琳把肩膀往后一甩。"来，当然来。"她说，仍旧看着我。

"有意思的是，"我说，她向后退了一步，"她是黑人，也是白人。从来没有人把她母亲考虑进来。"

现在轮到杰奎琳瞪着我。"你真是很奇怪。"她说。她转身朝心形刘海走去。他拉起她的手，一起往山上走去。

我回去喝易拉罐里的残酒，突然感觉醉了，那不是一种好的感觉。苹果酒在我肚子里变成了泥泞的一团，随时都可能涌上来，我左眼的视线也变得模糊了。我的心扑通直跳，扑通、扑通，好像我刚在公园里跑了几圈似的。我靠在儿童游乐场的木头围栏上，努力集中精力呼吸。

剩下的两个家伙交换了几句话，然后那个长着粉刺的溜走了。另一个人走过来站在我身边。他的头发用发胶梳成一个卷曲的鸡冠头，横跨过前额，一只耳朵戴着小小的金耳环。他穿着一件乐卡克牌的夹克。面对他，我一句话也说不出来。我们肩并肩站着，把他的易拉罐传来传去。我不想再喝了。我用舌头抵住罐口，假装吞咽。他时不时地问我一个问题："那么你大多数周末都来这里喽？""这么说你已经醉了？"有时候，他会隔几分钟再问一遍相同的问题。我意识到他醉了——甚至比我还要醉。

"那么，"终于，他含混不清地说，"那么你是要跟我们约会还是怎么着？"

我环顾四周，杰奎琳已经不见了踪影。

乐卡克靠得更近了。"是吗?"他说。他的呼吸带着苹果酒的酸涩气息，还有浓烈的香烟味。他的嘴唇很薄，而且干裂了。它们掠过我的耳垂，"来吧。"

这得怪你自己，我对自己说。你只能怪你自己。我闭了一下眼睛，然后点了点头。

"你是来约会的，对吗?"他说。

"是的，我是。"我说。

"那就来吧。"他说，抓住我的手。他的手湿漉漉的，我能感觉到他拇指肚上有一个东西，我觉得那是个疣，但我不知道该如何让他放手。我们走上山，又沿着小路走了一会儿，经过其他几对男女。杰奎琳和心形刘海不在其中。

"到这里来。"乐卡克说，我们蜿蜒穿过一些被踩踏得乱七八糟的灌木丛，来到一个树桩前。

"好了。"乐卡克说，我们坐下来。他几乎立刻俯下身来吻我，但他靠过来时太用力了，我们的牙齿碰到了一块。他抽开身，自嘲地说道："天啊，放松点。"然后他再次俯下身来。这个吻似乎没完没了，我想知道我能否在不失礼的情况下中断它。但我更担心的是，如果我动作太猛，我会吐出来。

终于，他抽回身体，而我移向一边。我光着大腿，感觉下面的树桩冰凉凉的，雨水从树枝上滴落下来，滴到我的肩膀和脖子上。我感觉身上起了一阵鸡皮疙瘩，到处都是。胳膊上，腿上，甚至肚子这样的地方。

"没事吧。"他说。

"没事。"我说。

"那就好。"

有那么一会儿，我以为已经结束了。但他再次向我走来，这次把一只手也塞进了我的裙子。我愣住了。我感觉他在拨弄我内裤上的松紧带。我满脑子都是他大拇指上的疣。我感觉苹果酒在我喉咙深处打转。他停止亲吻，说了些什么。

"什么？"我小声问，他又含糊其辞地说了一遍。然后，不等我回答，他就把裙子撩到我腰上，把内裤扯向一边，然后用一根手指伸进了我的身体。我似乎无法动弹。雨水从我们四周和上面的树上滴落下来，我努力把注意力集中在那个声音上，那涓涓细流的声音。我想象自己在溶解，被一滴一滴冲进泥土和水中。

乐卡克扭动手指。然后停下，把手指抽出来，甩了一下。

"哦，天啊。"我说。

"怎么了？"

我猛地站起来，苹果酒变成一股热流从我身上喷涌而出。几乎就在同一时间，我立刻感觉好多了。

"这他妈的怎么回事，"乐卡克说，"你刚吐了吗？"

我拉直衣服，试探性地走了几步。我双腿发软，没有知觉，但它们支撑住了我。

"老实说，"我说，"我该走了。我朋友会等我的。"

"靠，别傻了，"他说，"看在他妈的分儿上。"但我离开的时候，他并没有阻止我。


我在滑梯旁边找到了杰奎琳，跟她在一起的不是那个心形刘海。她一副彻底醉倒的样子。我径直走向他们，拉着她的肩膀，把她拉开。"杰奎琳，"我说，"我们现在得走了。"

"你在干什么？"那个家伙说。

"看看她都什么样了，"我说，"我们必须得走了。"

"那就滚吧。"那个家伙说，然后踉跄着靠在了滑梯上。

"走吧，杰奎琳。"我说，我拉着她的手肘，用另一只手搂着她。我设法把她弄过旋转格栅，然后她跟跟跄跄走到停车场边上呕吐起来。她吐了一次，随后又吐了一次，然后是第三次。我想，我应该把她的头发挽起来。我花了一两分钟才打定主意，然后走到她身边，把她的头发全部撩起来拢成一束。她在哭，一把鼻涕一把泪，含混不清地大口呻吟着。我腾出一只手拍着她的肩膀。"不会有事的。"我告诉她。我不是有意这样说的，但我说了一遍又一遍："会好起来的。"我意识到，她说的那些话让事情变得简单了一些。我已经决定了，过了今晚，我再也不会和杰奎琳·邓恩做朋友了。

她吐完后，我们朝她家走去。她太虚弱了，我们花了将近一个小时才回到那里，而那最多只有十五分钟的路程。当我们终于抵达的时候，我从她口袋里找出钥匙，进了房间，那里没有邓恩太太或者邓恩先生的影子。

我尽可能安静地带着杰奎琳上楼梯，进入她的房间，让她躺在床上。她的外套沾满了呕吐物，我设法把它脱下来，一次脱一只手臂。她的背心和裙子也溅上了呕吐物，但我不能再冒着被所有人知道的风险帮她脱这两件衣服了。所以我只是帮她拉下靴子，给她塞好了羽绒被。

然后我蹑手蹑脚地走进卫生间，尿了个尿，洗掉那愚蠢的妆容，并刷了几分钟的牙，试图把乐卡克的感觉和味道刷除掉。我回到杰奎琳的房间，穿上自己的睡衣，钻进睡袋。我闭上眼睛，试着忽略薄薄的地毯下面那坚硬的地板，试着想象自己是在别的地方，在任何地方，只要不是这里就行。

我想象自己回到了克拉克家，在他们去伦敦之前；我回到了他们的客厅。是他们离开之前的那个周六，他们的行李和板条箱都被船运去了伦敦，家具也放去保管了，直到他们找到永久的住处。客厅很奇怪，空空荡荡的，都能听见回声。我们躺在那里，我、苏珊和迈克尔，就像我们小时候经常做的那样，三个人举行午夜狂欢。我们一直醒着聊天，聊到外面天都亮了，直到苏珊再也支撑不住。她的眼睛不停合上，又猛地睁开，然后再次慢慢合上，终于，她睡着了。

"你还醒着吗？"过了一会儿，迈克尔说。他躺在空空荡荡的壁炉旁，我和苏珊躺在过去放红沙发的地方，我在中间。

"嗯，"我说，翻了个身趴下，"你呢？"我听见他轻轻地笑了。

"我睡着了。"他说。

"闭嘴。"我说，伸出手假装打他的胳膊。他抓住我的手腕，握在手里，比他应该握的时间更久一些。我的胃翻腾起来。"你能把手还给我吗？"当我能够开口说话的时候，我说。

"不行。"他说，但他松开了。我弯曲了一下手腕。我的手腕，还有整条胳膊，似乎都在刺痛。

"嘿，我没有伤到你吧。"过了一会儿，他说。

"我觉得你可能伤到了，"我说，"我想你可能真把它弄坏了。"这就是我们一直以来交谈的方式：一种带着揶揄、轻松的戏谑，好像我是他的另一个姐妹。

但他没有像往常那样微笑或者翻白眼。"告诉我，"他说，"告诉我这是不是……"

然后他俯过身来，吻了我。

以前人们都叫他"馅饼嘴"，他和苏珊都是。但是他的嘴唇是枕头形状的，很柔软，比我想象中的男孩的嘴唇要柔软，那一个完美的吻，一个漫长、缓慢的吻。

之后，他挪动睡袋，靠我更近一些，我们手拉手躺在那里，躺了似乎很多个小时。

杰奎琳在睡梦中呻吟，魔咒被打破了。我口中干燥而厚腻，头开始怦怦跳。我需要喝水。我拉开睡袋的拉链，尽可能小心地站起来。我移动得很慢，但头仍旧很痛，我不得不抓住床的把手来支撑住自己。杰奎琳翻了个身，然后又翻回来，发出呜咽声。我应该给她拿杯水，我想。

我踮着脚走进卫生间，在楼梯平台上摸索着前行。我把牙刷从它们的陶瓷马克杯里拿出来，用杯子盛满水。我喝下整整两杯，三杯，从来没有东西尝起来如此美妙。我用杯子重新装满水，带回了卧室。

我抬起杰奎琳的头，设法让她喝了几口水，但大部分都顺着她的下巴流了下来。我意识到，我正在想象珍妮特·克拉克在这里，她看着我，看我是个多么好的撒玛利亚人。

一段记忆涌现：有一次，珍妮特请我们帮她把复活节鲜花搬去教堂。苏珊和迈克尔发着牢骚，我也假装在抱怨，但在内心深处，我喜欢这件事：我们就像一支队伍，珍妮特走在最前面，拿着她从花园树上剪下来的高高的柔荑花颈和柔弱的柳条，我们跟在后面，拿着一束束安妮女王蕾丝花[①]和马蹄莲。我走在她身边，她一路都在唱歌，歌词的内容是关于其他的世界、其他的地方，关于爱和牺牲，还有持续的战斗。当街上的人们转过身来看我们的时候，

---

① 野胡萝卜花的别称。

你能看出来，他们都以为我是她的亲生女儿。我已经习惯了这一点，尽管我和苏珊从来、从来没有讨论过这个问题。

但那天早上，它给我一种炽热、隐秘、欣喜的感觉。

我告诉自己："克拉克一家已经走了。"我让自己大声说出来："克拉克一家已经走了。"它比我预想的更加强有力地冲出口。这时，杰奎琳睁开眼睛。她的双眼呆滞而无神，我想知道我该不该把她妈妈叫醒，尽管杰奎琳在她爸爸那里可能会遇到麻烦。然后我发现她认出了我，她张了张嘴巴，试图说话。"你没事，"我告诉她，"你已经回家了，躺在你自己的床上。试试看能不能再喝一点水。"我把马克杯歪向她的嘴边。她大口大口地喝进去，然后咽下。"我把剩下的放在这里。"我说，然后把杯子放到她的床头柜上，让她伸手就能够到。

然后我又钻回睡袋，侧身躺着，等待清晨的到来。天会亮的，我告诉自己，会的，会的，一定会的，总有一天，所有这一切都会成为过去，好像发生在另一个地点，另一个时间，也许我根本不会想起了，即使想起，一切也已经结束。

# 毒药

昨天晚上我看见他了。他跟一个女孩在一起，女孩年龄只有他的一半，不到一半，他年龄的三分之一。那是在商人旅店的酒吧里，他们一起坐在覆盆子色的拷花丝绒长椅上，她用胳膊搂住他的肩膀，他也环绕着她，一只手松松地放在她的腰上。她正在大笑，脸正对着他，迷醉，欣喜。他们不停碰杯：几乎每喝一口鸡尾酒，他们都会碰一下杯。我独自一人，坐在吧台边的高脚凳上，等着我的朋友们——我多年未见的朋友，这么多年了，他们迟到的习惯一如既往。在等待的时候，我点了一杯白葡萄酒，用颤抖的手端起酒杯。是他。这一点毋庸置疑。他的脸已经松垂了，头发尽管还是黑色的——肯定染过——但萎落稀疏。当他站起身时，我发现他比我记忆中要矮。

但那就是他。

我已经很多年没见他了。我竭力用脑子计算出这个数字。十六年——十七年——将近十八年。这么多年后，他出现在那里，跟一个只活了他一小部分年龄的女孩纠缠在一起。他现在应该快六十岁了。

他朝我的方向走来，我低下头看鸡尾酒单，用头发遮住半边脸，但我无法把目光从他身上移开。他的目光掠过沿途那些女人，纤细的、美黑过的赤裸背部和镶着亮片的裙子，水台高跟鞋。他一眼都没看过我。很长时间我都深居简出，已经忘了人们在周六晚上如何打扮：我穿着紧身牛仔裤和西装外套，只是化了个淡妆。我目送他沿着粉白条纹的地毯走到外面，朝洗手间走去，然后我转回身，去看他的同伴。

她低头看着手机，一条腿轻轻摇晃，快速打着字。一瞬间，她看上去真的好年轻。我刚才以为她二十五岁左右，但其实更小。我感觉胸口奇怪地紧绷起来。她收起手机，分开双腿，然后又交叠起来，扯了扯小黑裙的下摆。她拿起自己的空酒杯，头向后仰去，把残酒一饮而尽。她轻轻咳嗽了一下，把酒杯放回原处，并把头发甩到另一侧的肩膀上。她的妆太浓了：大块的腮红，夸张的猫眼妆。她环视酒吧，然后又拿出手机，轻轻点击着，打着字。独自待在这种酒吧让她感觉很不自在。周围的人都比较年长，你能看出她有些难为情。坐在她对面椅子上的男人们至少四十多岁了，脸部肌肉松弛，穿着西装，汗流浃背地喝着威士忌酸酒。当他再度出现时，我看到她脸上一阵放松，看到她扭着身子扑向他，亲吻他的脸颊。他们一起研究酒单，咯咯笑着，头亲密地靠在一起，这时，我突然意识到她不是他的情人。

她是他的女儿。

她是梅丽莎。十七年了。现在她应该十八岁。也许他们今晚出来是为了庆祝她十八岁的生日。随后，伴随着一阵恶心，我意识到，我的感觉并不是愤怒，愤怒于他们巨大的年龄差，也不是轻蔑，也不是厌恶。我的感觉更简单，也比这些更为复杂。

\*

我不记得去诺克斯先生家是谁的主意。前一秒我们还在为他傻笑，推搡的肘部，甜润的呼吸，湿漉漉的脑袋挨在一起，下一秒有人说起了他的住址，说起了他的邻居、教堂和他妻子的事情，突然间，几乎没有商量，我们就打定主意要去那里了。

是谭雅吗？

我们有四个人：唐娜、谭雅、丽莎和我。我们十四岁了，无所事事。那天是教师研习日[1]，这意味着不用上学，而我们又没有别的事情做。时值四月，寒意逼人，雨阵阵飞溅下来。复活节假期才结束不久，我们都没有零花钱了。九点刚过，我们就在凯恩伯恩公园碰头，但是，在一个湿漉漉的周一上午，那个时间的公园荒凉无比。我们一路游荡到儿童游乐场，但秋千都湿透了，心不在焉地玩了几个回合后，我们就放弃了。我们四人沿着斯登海姆大街往前走，经过我们的学校——主楼的灯还亮着，教师们的车像往常一样整齐地排成行，看到这些令人感觉很奇怪。

接下来，更多的是出于习惯，我们穿过马路去了迷你市场。我们凑了点零钱，买了几包草莓棒棒糖和侏儒宝石[2]，唐娜还偷了一把碳酸可乐棒。我们一边吃一边朝巴利哈克摩尔的方向艰难跋涉。雨越下越大，我们都没带伞，最后只好去了肯德基，蜷缩在密胺树脂桌旁，轮流啜

---

[1] 教师研习日，英国学制中教师接受培训的日子，在此期间学生不用上学。
[2] 侏儒宝石（Midget Gems），英国玛莎百货生产的一款糖果，后因含有对侏儒人士的歧视而改名。

饮一份百事可乐。

那里只有我们几个人。糖果、雨水和无聊让我们坐立不安,并且语带尖酸。我们开始讲一个故事,故意用很大的声音,说有个人点了一个原味鸡肉汉堡,他看到里面有蛋黄酱,抱怨起来。没加蛋黄酱,售货员说了。有啊。哦,不是蛋黄酱。是鸡胸肉上的囊肿爆开了,所谓的蛋黄酱正是里面流出的脓汁。

柜台后面的女孩看我们的眼色越来越难看,我们意识到,如果她把我们赶出去,那我们就真的无处可去了,所以我们改变了策略,开始互相羞辱起来,我们钟情的男孩,我们约会过或者想要约会的男孩。

然后,几乎不可避免地,话题转向了诺克斯先生。

我们都迷恋诺克斯先生。任何人都不会费神去否认这一点。所有学生都迷恋他。他是法语和西班牙语老师,自己也有一部分法国血统,至少传言是这样说的。总之他是有一部分异国血统的,他必须是——他跟其他老师太不一样了。他一头凌乱乌黑的长发遮住一只眼睛,还有永远的宿醉胡碴,他抽骆驼牌香烟。教师在校园的任何地方抽烟都是被禁止的,教师休息室也不行,但他无论如何还是抽了,在艺术区的员工厕所里,或者在管理员的小屋中,女孩们说。还有，如果你在休息或午餐后立刻碰到他，你就能闻到他身上的烟味。他开一辆阿尔法·罗密欧，亮红色，当所有其他男老师都穿皱巴巴的棕色和灰色时，他穿彩色丝绸衬衫和乐福鞋。在学期末的自由着装日，他会穿锥形牛仔裤、高领马球衫和切尔西靴，尽管那是冬天，但他仍会戴一副飞行员太阳镜，像一个空档期的电影明星。他教室的墙上贴满了艾玛纽埃尔·贝亚特、年轻的凯瑟琳·德纳芙和索莱达·米兰达的海报，他把佩德罗·阿尔莫多瓦的录像带借给自己六年级的学生看。

但那不是全部。针对他的大部分指控，都源于他曾跟以前的一名学生有染，达维娜·卡尔弗特。那是八年前的事了，现在他们已经结婚。他为了她离开了自己的妻子，真是一桩丑闻。为此他差点丢掉工作，但最后他们没能开除他，因为他没有犯任何确切的、法律上的错误。

这发生在我们入学之前，但我们知道所有细节：每个人都知道。对一、二年级的学生来说，那几乎是一种加入小团体的仪式——我们在图书馆角落里遍览学校的旧杂志，寻找她的身影，细细查看年级组、对外交换旅行和颁奖日的粗糙黑白照片，追踪着她一路长大，成为他的情人。

达维娜·卡尔弗特，达维娜·诺克斯。她离我们的生活那么近，又那么远，让我们望尘莫及。

据说，达维娜是她那一届的风云人物。她在整个北爱尔兰地区的西班牙语Ａ级考试中获得第一名，法语获得第三名。达维娜·卡尔弗特，达维娜·诺克斯。当她还在学校的时候，他们之间没有发生任何事——或者，至少，人们无法把任何罪名安在他身上——毕业后的间隔年，她去了格拉纳达教英语，然后他去看她了。我们对此很清楚。因为丽莎的姐姐比达维娜·卡尔弗特低两级，当时在诺克斯先生的西班牙语Ａ级班上。万圣节期中假过后，他带着一大摞最新的西班牙语杂志回来了，包括《你好！》《十分钟》和西班牙版《时尚》杂志。他们问他是不是出门了，去了哪里，他回以一连串带有挑逗性的西班牙语，他们都没太听懂。但谣言像野火一般四起，说他去了格拉纳达，去看望达维娜·卡尔弗特。果然，当她回来过圣诞的时候，至少有两个人看见他们坐在那辆阿尔法·罗密欧里，车停在一条小路上，他们在接吻，然后，当那个学期结束的时候，他跟他妻子已经分居了，正在办理离婚手续。

接下来那一年，他甚至不向班上的同学隐瞒了：当聊起周末种种的时候，他会笑着用法语或西班牙语说，他去了爱丁堡，拜访了一位特殊的朋友。人人都知道那是达维娜。

我们经常想象他第一次去格拉纳达看望她的场景。蜿蜒的街道和白色的中世纪建筑。蓝色、橙色和紫色的天空。他们一起步行前往洛尔迦故居和阿尔罕布拉宫，接下来，他们在某个铺着鹅卵石的广场上轻轻碰撞雪利酒杯，那里有喷泉和吉卜赛演奏者。也许他还会把手伸到桌子下面，轻抚她的大腿，一只手滑到她裙子下面，向上摩挲着大腿的曲线，当他抽出手来的时候，她会交叉双腿，然后又松开，挤压并释放大腿的肌肉，那种刺痛的压力让人难以忍受。

我想象过无数次，但我永远无法定格接下来发生的一切。在格拉纳达，和诺克斯先生在一起，你会怎么做？你会把他带去你的小出租屋吗？去寄宿家庭闷热的屋檐下，或者去一个合租的公寓里？不会：你会跟着他去他预订的酒店，阿尔拜辛一家雄伟而陈旧的国营古堡酒店，那里的四柱豪华大床；或者更有可能是新区一间无需具名的房间，工作人员不会问这问那，床上的白色床单有冷淡的四角，你能从浴室里听到房间的每一个动静。其中的羞耻——其中的兴奋。

在上纽敦纳兹路的肯德基餐厅，在四月下雨的周一教师研习日，我们知道诺克斯先生和达维娜住在哪里。在城外去冰碗的路上，靠近高尔夫俱乐部，在邓多纳德。走路要花四十到四十五分钟。我们没有别的事做。我们挽着胳膊出发了。

到那里后，我们发现情况令人扫兴。我们沿国王大道走来，一路上经过了很多豪宅；而且，在见过跑车、太阳镜和名牌西装后，我们期待他的房子也会与众不同。但他住的那条街上的大多数房子和我们自己家差不多：平房，或者小小的半独立式红砖住宅，有树篱、草坪和杜鹃花丛。我们走在路的一边，然后又走到另一边。没有任何迹象能表明他住在哪里：没有一丝他的痕迹。

那时我们已经吵起来了。雨毫不留情地落下，谭雅开始担心会有人看见我们，然后报告给学校。我们反驳她——怎么会有人知道我们在干坏事呢？他们怎么知道我们上哪所学校？我们又没穿校服——但我们都有点不安。上午只过去一半，万一他因为某些原因离开学校，或者提前回家吃午饭怎么办？我们四个人都上他的法语课，我和丽莎还同时上他的西班牙语课：他会认出我们的。

我们该走了：我们知道该走了。漫长的雨中归途在我们面前展开。我们坐在一堵矮墙上，翻遍口袋和钱包，计算是否有足够的钱给每人买一张车票。当发现钱只够买三张票的时候，我们吵起来了：谭雅没有钱了，但是她已经付了棒棒糖的钱，还有几乎一半的百事可乐，所以让她走回去是不公平的。但因为她一个人而让每个人都走回去，那也不公平。还有，她住得最近：她要走的距离最短。但这是不公平的！局面反反复复，而且可能会陷入混乱——唐娜刚才威胁说，如果谭雅继续抱怨不休，她就给她一巴掌。

就在这时，我们看见了达维娜。

丽莎认出了她，在一辆金属蓝的标致牌汽车里。那辆车从我们身边迅速掠过，拐过了街角，但丽莎发誓说车里的人就是她。我们跳了起来，激动地看着彼此。"好，我们走。"唐娜说。

"唐娜！"谭雅说。

"怎么，你怕了吗？"唐娜说。唐娜戴着厚厚的眼镜，这让她的眼睛看起来又小又刻薄，在一次争吵中，她隔着一扇玻璃推拉门把自己的妹妹推了出去。我们都有点怕她。

"走啊。"丽莎说。

谭雅看起来快要哭了。

"我们就过去看一眼,"我说,"我们就从那边经过,看看那座房子。那又不违法。"然后我补充道:"看在他妈的分儿上,谭雅。"如果只有我们两个人,我压根不在乎谭雅,但当着其他人的面对她太客气,那不合适。

"是啊,谭雅,看在他妈的分儿上。"丽莎说。

谭雅坐回矮墙上。"我哪儿也不去,"她说,"我们会惹上大麻烦的。"

"好吧,"唐娜说,"滚回家吧,还等什么?"她转过身,拉住丽莎的胳膊,然后她们一起沿着马路走去。

"走吧,谭。"我说。

"我有一种不好的感觉,"她说,"我就是觉得不该这样。"但是,当我转身去追其他人的时候,她从墙上跳下,跟了上来。

我们找到了那辆标致车停放的房子,就在路的尽头。那是一栋半独立式住宅的左翼,篱笆疏于打理,小小的前草坪中央立着一棵发育不良的棕榈树。你怎么也不会想到诺克斯先生的花园里有一棵微型棕榈树。我们聚在马路对面，掩身于一辆白色面包车后面，冲着它傻笑。然后我们意识到达维娜还在车里。"她在干什么？"唐娜说，"那个傻乎乎的婊子。"

我们又站着看了一会儿，但什么也没发生。你能看到她的头和后肩的模糊轮廓，只是坐在那里。

"去他妈的吧，"唐娜说，"我可不想像个他妈的大傻帽一样在这里站一整天。"她转过身走了几步，等着我们跟上来。

"是啊，"谭雅说，"我也要走了。我说了要回家吃午饭。"

我和丽莎都没动。

"你觉得她在干什么？"丽莎说。

"听广播？"我说，"我妈有时也那样，如果是《弓箭手》①的话。节目结束她才肯下车。"

"我猜是吧。"丽莎说，看起来很失望。

"走吧，"谭雅说，"我们已经看到他住的地方了，现在我们走吧。"

唐娜双手叉腰站在那里，因为我们无视她的存在而恼

---

① 《弓箭手》(*The Archers*)，英国一部肥皂剧。

怒不已。"说真的，"她大喊道，"我要走了。"

她们期望我和丽莎能跟上来，但我们没有。一等她们走出听力所及的范围，丽莎就说："天哪，唐娜今天把我的脑袋都要搞坏了。"说这话的时候，她瞥了我一眼。

"哈。"我含含糊糊地说。立场太鲜明是不行的。

这些天丽莎和唐娜亲如姐妹。丽莎妈妈和我妈妈是同学，我们两个自从婴儿时期就是好朋友了。我们有一起洗澡的照片，全身都是泡沫，用"梅迪先生"[1]的瓶子敲打对方。从小学到中学，我们一直形影不离。但是最近，丽莎跟唐娜一起玩的时间越来越长，她们抽着从唐娜妈妈那里偷来的丝绸剪香烟[2]，周末在公园喝白色闪电[3]。她们两个都曾跟男孩子玩得很出格，不是真正的性行为，但很接近了，至少她们是这么声称的。我亲过一个男孩。比谭雅好一点——但是，这仍然让我在跟丽莎独处时感觉怪异而尴尬。我一直想象我们能一起做任何事，就像我们一直以来的那样。

我可以感觉到丽莎仍在看着我。我用一只脚后跟蹭了

---

[1] 梅迪先生（Mr Matey），沐浴露品牌。
[2] 丝绸剪（Silver Cut），英国香烟品牌。
[3] 白色闪电（White Lightening），一种伏特加。

蹭地面。

"我说真的,快把我的脑袋弄爆了。"她说,然后板起脸,可以认出那是属于唐娜的表情,我让自己傻笑起来。丽莎看起来很高兴。"来吧,"她说,然后挽住我的胳膊,"你觉得达维娜是什么样的人?我是说,你明白我的意思吗?"

我完全明白。"嗯,她一定很美。"我说。

"你这个大拉拉。"丽莎说,戳了一下我的肋骨。

我也戳了她一下。"不,说真的。她肯定是:他为她离开了自己的妻子。她一定是个大美女。"

"还有吗?"

"嗯,还有她不在乎人们怎么想。我是说,想想那些流言蜚语。想想你跟你的父母怎么交待。"

"我爸爸会疯的。"

"没错。"我说。

我们沉默了一会儿,看着标致车里那个模糊的身影。

"你觉得他们在学校发生过什么吗?"丽莎突然说,"我的意思是说,肯定发生过,不是吗?不然你为什么大老远去看她?我是说,比如,你跟你的妻子撒谎,然后一路飞去格拉纳达。"

"我明白。我不知道。"

我以前就想过这个问题——我们都想过。但站在他家门口,他和达维娜的家,感觉尤其奇怪。她会不会放学后在他办公桌前徘徊?他会不会在某个地方停下来,让她搭车去某处?她会不会在他住的地方闲逛,跟他碰个正着,却假装是偶遇?她会不会假装在西班牙语语法方面遇到了一些问题?是谁先开始的?具体是怎么开始的?他们当中有没有任何一个人想到,故事会结束在这里?

"她那时应该跟我们差不多大。"丽莎说。

"我知道。"

"或者,比如说,大两三岁。"

"我知道。"

到现在为止,我们肯定已经在那里站了十分钟了。再多站一分钟,我们或许就会转身离开。但突然间,标致车的车门被猛地推开,达维娜从车里出来了。她就在那里:达维娜·卡尔弗特,达维娜·诺克斯。

可惜的是,我们脑海中的达维娜一直是光彩照人的,就像诺克斯先生教室墙上的电影女主角一样,但这个达维娜穿着松松垮垮的牛仔裤和雨衣,头发乱糟糟地扎成一个马尾,眼睛下面有黑眼圈。而且她在哭:她面部浮肿,旁若无人地大哭，眼泪顺着她的脸流下来。

我感觉丽莎拉起我的手，握紧了。"哦，上帝啊。"她低声说。

我们看到达维娜绕到车的另一边，从后座上解开一个蹒跚学步的孩子。她举起他，然后把一个婴儿汽车座椅拖了出来。

我们已经忘了——如果我们压根知道过的话——诺克斯先生有孩子。他从来没有提起过他们，也不像其他老师那样把照片摆在桌子上。不知为何，你无法想象一个有孩子的诺克斯先生。

"哦，上帝啊。"丽莎再次说。

那个孩子正在号啕，我们看到达维娜奋力拖着他走过车道，另一只胳膊夹着汽车座椅，一直走上门廊。找钥匙的时候，她不得不把汽车座椅放下来，然后我们看着她在包里翻来找去，然后又在大衣口袋里扒拉，最后终于找到了钥匙。她打开门走进去，门在她身后重重地关上了。

我们又在那里站了一会儿。然后，我不由自主地说："我们去敲她的门吧。"我不知道自己哪里来的勇气，但话一说出口，我就知道我要去做这件事了。

丽莎转脸对着我："你疯了吗？"

"来吧。"我说。

"那我们该怎么说?"

"就说我们迷路了,想要杯水喝——我不知道。我们会见机行事的。走吧。"

丽莎盯着我。"天啊,你疯了。"她说。但她咯咯笑了起来。然后我们穿过马路,走上车道,站到了诺克斯先生的门廊上。"你不是真要这么干吧?"丽莎说。

"看我的。"我说,然后握紧拳头,敲了敲门。

我仍然记得接下来发生的每一幕。

达维娜打开门(达维娜·卡尔弗特,达维娜·诺克斯),手里抱着一个婴儿,那个学步的小孩赖在她腿边。我们脱口而出——是我灵光一闪想到的——说我们就住在拐角那边,正挨家挨户看看有没有人需要临时保姆。就在这一刻,我和丽莎,我们又成了一个战队。我开个头,她就接着说完。她说什么,我就添枝加叶。我们听起来很镇定,而且完全合乎情理。达维娜说,谢谢你们,但宝宝还太小了,不能离开人。丽莎问我们能不能留下详细资料,说不定几个月后会用到。达维娜眨眨眼睛,说好,当然可以。然后她去拿笔,从电话簿上撕下一张便签,而我们寸步不离地跟着她进了客厅。丽莎称我为茱蒂丝,而我叫她卡罗尔。我们写下茱蒂丝和卡罗尔的名字,然后编了一个电话号码。我们所向披靡。我们难以自持。达维娜问我们上哪个学校,丽莎毫不含糊地说,邓多纳高中。达维娜问,你们今天为什么没上学?我说今天是教师研习日。突然间,我想知道是不是所有学校都在过教师研习日,然后一阵恐惧流遍全身,但达维娜只是说,哦,然后就没再问别的了。

我们意识到她现在要送我们出去了,但在她找到机会之前,丽莎问那个婴儿叫什么,达维娜说,梅丽莎。名字很好听,我说。达维娜说谢谢。我们赞美着那个婴儿,她皱成一团的小脸和蜷曲的手指,然后我想象着诺克斯先生的孩子在我身体里生长的样子,突然一股巨大的热浪流过我的身体。这时,正如我们所预料的那样,达维娜说,姑娘们,我相信你们也看到了,我这会儿真的很忙,然后丽莎说,好的,好的,当然,我们得走了——她又开始傻笑起来,我能看到那些傻笑在她身体中升起,能看到她嘴角噘起和扭动的样子——我说,是的,当然,但你介意我先用一下厕所吗?达维娜再次眨了眨眼睛,一双通红的眼睛,似乎她能意识到一个陷阱,却不知道那里面究竟是什么,然后她说,没问题,但楼下的马桶堵了,小鲁本喜欢往里面冲东西，他们还没来得及叫水管工，我得去楼上。直接上楼，左手边第一间就是。我能感觉到丽莎在盯着我看，但我没有和她对视，我只是说，谢谢你，然后就上楼了。

浴室里到处都是诺克斯先生的气息——嗡嗡作响。他的睡衣挂在门后，他的电动剃须刀放在水槽边上，他的林克斯除臭剂的罐子放在窗台上。马克杯里有他的牙刷，水槽里有他的胡碴，洗衣篮里放着他的脏衣服。我跪下来将洗衣篮打开，认出了他的衬衫，一件光滑的淡蓝色衬衫，上面有黄色的钻石图案。我伸手冲了冲马桶，这样嘈杂声就能盖住我的动静，然后我打开水槽上方的镜柜，在一定是属于他的架子上，我用指尖掠过那些瓶子，掠过剃须膏、装着处方药的棕色塑料瓶，还有六个装的杜蕾斯避孕套，其中有两个不见了。

我全身的皮肤都在刺痛，在我不知道会刺痛的地方刺痛着——手指之间，膝盖后面。在那排避孕套上，我撕下其中一个，沿着铝箔齿痕轻轻扯开，把它塞到我的牛仔裤里。我把盒子放回原处，跟原来一模一样，然后关上了镜柜。

我盯着镜子里的自己。我的脸看起来红红的。又一次，我想知道，他第一次注意到她的时候，她是什么年龄？我发现我已经忘了在这里待了多久。我打开水龙头，最后一次环视四周。然后，在没有计划的情况下，在不知道自己会这样做直到真的做了的情况下，我发现自己用手握住了窗台上的一个香水瓶，并且重新摆放了一下其他香水，这样就不会显出空隙了。无论如何你都不该把香水放到窗台上——连我都知道这一点。我把它塞进我的外衣口袋，用左臂挡住衣服上的凸起，然后关掉水龙头，下楼去找丽莎了，她正向我投来绝望的目光。

来到外面后，她不敢相信我所做的一切。她们都不敢相信。我们追上唐娜和谭雅，她们还在大路上等着我们。虽然感觉像是过去了一辈子，但她们离开我们后，时间只过了大概十分钟。

丽莎说："你们永远不会相信她做了什么。"声音中充满自豪，她告诉她们，我们是如何敲门并走了进去，走进诺克斯先生的房子；如何跟达维娜交谈，如何逗弄那个婴儿，我又是如何用了他的卫生间。然后，我接手了这个故事。我没提避孕套的事——那是我的，只属于我——但我给她们看了那瓶香水。那是一个深色的玻璃瓶，用掉了四分之一，深紫色的，紫得发黑，上面有一个圆形的玻璃瓶盖。瓶子上用精致的金字写着："毒药，迪奥。"

"我不敢相信你偷了她那该死的香水!"唐娜说。

谭雅盯着我,好像就要大病一场。

唐娜从我手中接过瓶子,打开瓶盖,把它对准丽莎。

"滚一边去,"丽莎说,"不要把那玩意儿喷在我身上。"

"那就喷我吧。"我说,她们都看着我。"来吧,"我说,"喷我。"我卷起毛衣袖子,露出手腕。

唐娜将喷嘴对准我。一股香水喷涌而出,阴沉的浓郁的充满禁忌的味道。

"呕,"谭雅说,"有股狐臭味。为什么会有人想让自己闻上去是这个味道?"

我小心翼翼地把两只手腕对在一起,举到脖子旁边,两边各点了一下。这是我闻过的最浓烈的香水。那腐臭的充满绿意的气息把我弄得有点恶心。它闻起来不像你想象中的达维娜·卡尔弗特会选择的香水:一定是他买给她的,一定是他自己喜欢。我想知道,在他们出门之前,他会不会把香水喷在她身上,她会不会举起手腕,为他露出自己的喉咙?

"你准备怎么处理它?"丽莎问。

"我们可以把它带去学校,"我说,然后突然间,我的心又开始狂跳,"我们可以把它带去学校,在他的课上喷,看看他会怎样。"

"你这个该死的神经病。"唐娜说,她笑了,但那笑中含有敬畏之意,有史以来第一次。

"你不能这样,"谭雅说,"我不想跟这件事发生任何关系。"但是,我们现在都准备无视她了。

"我和丽莎明天有西班牙语课,"我说,"午饭后立刻上。我们到时候就干。对不对,丽丝①?"

"你觉得他会怎么样?"丽莎睁大眼睛说。

"也许,"我说,"下课后他会把我们留下,把我们按在他的桌子上打出脑浆来。"我带着开玩笑的口吻,她和唐娜都笑了,我也笑了,但我想起了藏在口袋里的避孕套,那种刺痛的感觉又回来了。


那天晚上,我躺在床上,紧紧闭着眼睛,以前所未有的激烈程度想象他们在格拉纳达见面的场景,当进行到他解开她的吊带上衣、脱下她的裙子、让她躺到床上那一部分时,我的整个身体开始颤抖。

第二天的西班牙语课上,我们照着计划做了。上课

---

① 丽丝是丽莎的昵称。

前，我们挤在书包旁，喷出了"毒药"，我们解开领带，把它喷在喉咙凹陷的位置。我们激动得发狂。他丝毫没有意识到我们曾经离他有多近。他的避孕套也在我身上。睡觉时它在我枕头下面，现在又被我塞进校服短裙口袋。交叉双腿时，我能感觉到它的铝箔边缘在摩擦我的大腿。

诺克斯先生走了进来，坐在桌子边上，问我们周末都做了什么。

我的心怦怦直跳。我突然希望自己备足了俏皮话，一些能引起他注意的东西，或者能让他微笑，但我没有。我发现自己说出了脑海中浮现的第一句话，只为了成为那个说话的人。

"我购物。"我用西班牙语说。

"我相信你经常去购物，但在这个例子中，应该用过去式。"说这句话时，他直视着我，挤着眼睛，露出戏谑的微笑。看见我说话他似乎很惊讶，或者说很开心。我从来不是那种自信满满、在课堂上无需敦促就开口发言的人。"再说一次，女士。"

女士。我从来不属于他称为"女士"的那些女孩。我可以想象他称达维娜为"女士"。他说西班牙语的口音流畅而性感。当然，她应该也是。他们应该拥有属于自己的对话，超越所有其他人的想象。

"我买了东西。"我说，直视着他。

"很好，买了东西，买了什么？"

"我买了什么？"香水的气味让我头晕目眩，我似乎无法理清自己的思路。

"是的，你买了什么。"

"我买了……买了一瓶新香水。"

"很好。"他冲我笑了笑。"去买东西，买了一瓶新香水。很好。"

"你想闻闻吗，诺克斯先生？"丽莎脱口而出。

"丽莎！"我嘘声道，既高兴又惊骇。

"谢谢，丽莎，但是不行。"

"你确定吗？我觉你会喜欢的。"

"谢谢，丽莎。下一个谁发言？"他环视房间，等着其他人举手。我说出来了：我不敢相信我说出来了。我觉得自己的脸涨得通红。丽莎在我身边闷声发出一阵傻笑，但我没理她，而是一直看着诺克斯先生。他并没有躲闪。

下课后我们在教室逗留，慢悠悠地收拾东西，想知道他会不会把我们留下来，但他没有。我们离开房间，笑嘻嘻地扑进对方怀里，但我们都在虚张声势，我们都自欺欺人地认为自己不会失望。但至少，我很失望。也许对丽莎来说，这只是个天大的玩笑。我不知道自己到底在期待什么，但我的确期待过一些事——一个被认可的时刻，一些东西。

那天，我最后一节课是数学，课上我和谭雅坐在一起——我们的其他朋友都没选修高等数学。我们一起走出学校。谭雅住在斯托蒙附近，跟我不顺路，但我有时还是跟她一起步行回家。自从爸爸搬出去后，妈妈就回去工作了，而我不喜欢回到空空荡荡的房子里。而今天，这样做还有更大的吸引力，因为我知道这是诺克斯先生开车回家的必经之路。

我们走到万斯沃斯，穿过繁忙的路口，然后向上纽敦纳兹路走去。在卡斯尔希尔路，我们走到斯托蒙长老会附近的红绿灯时，我让我们两人在那里不停游荡。我确保自己面向车流站立，等待着那辆阿尔法·罗密欧从我们身边经过。我从心底里知道，一定会的，必须这样。当它真的经过时，我转身看着它，视线一刻也不曾离开，直到它完全消失不见。当我转回身的时候，我知道我内心的一些东西已经发生了变化。

那天晚上我花了一个小时学习额外的法语词汇，练习西班牙语时态，决定第二天给他留下深刻的印象，让他注意到我。第二天，我又和谭雅一起步行回家，第三天也是，很快，我便每天都跟她一起回家了。从学校到她家有二十分钟的路程，大多数日子里，当我们到达上纽敦纳兹路的时候，他的车早就开走了。但我摸准了他哪天给六年级的学生举办课后语言俱乐部，或者参加员工会议，那些日子里，我会尽量安排好我们的行程，说服谭雅跟我一起去迷你市场，在那里选糖果或看杂志消磨时间，然后在教堂旁边的红绿灯那里流连，希望能看见他的车。

那些日子里，哪怕只是瞥到它穿过绿灯飞驰而过，我也会感觉自己正一路飞奔回家。

丽莎和唐娜又成了朋友，而丽莎仍然没有邀请我去参加她们的凯恩伯恩之夜，但我突然间不在乎了。连续三个周六的晚上，我都让妈妈以为我去了丽莎家，然后一路走去诺克斯先生和达维娜的房子，我在那里经过了两次、三次、四次、五次，看到他们各自的车停在车道上，还看到了窗户里的灯光，有一次甚至瞥到了他在楼上房间的身影。

一定会发生。我知道一定会发生。

我推算出，最有可能看见他的车的日子是周二或周三，有一个周三，当我让谭雅在她家那条路的尽头逗留时，诺克斯先生的阿尔法·罗密欧终于在红绿灯旁停了下来。

他就在我们旁边。几米之外。这是真的。它正在发生。有那么一会儿我无法呼吸。"他在那里。"我说。谭雅顺着我的目光看过去，说："不要，清醒点，你在干什么？"

"诺克斯先生！"我大喊，朝汽车挥手，"诺克斯先生！"

他的车窗开了一半——他正在抽烟——他弯下腰看向外面，然后按了一下按钮，把车窗完全打开。"喂？"他说，"怎么了，都还好吗？"

"诺克斯先生，"我说，"我们需要搭车，你能载我们一下吗？"

"不要！"谭雅对我低声嘶吼道。

"求求你了，诺克斯先生！"我说，"我们真的要迟到了，这件事很重要。"

信号灯仍是红色的，但它们随时会变成琥珀色，然后变成绿色。

"求你了，诺克斯先生，"我说，"你一定要答应我们，求求了。"我已经习惯了每次上法语课或西班牙语课的时候涂抹"毒药"——尽管丽莎告诉我它闻起来很怪——我现在仍能闻到它的味道，达维娜的香水，在我身上，我想知道他是不是也能闻到，闻到它像绿色螺旋一般缓慢地从我身上弥漫开来。

他吸了一口烟，把烟头扔出窗外。"你们要去哪里？"

谭雅再次低声嘶吼，抓住我的胳膊，但我挣脱了她。信号灯变成琥珀色了，当它们变成绿色时，我打开副驾驶的车门，坐了进去。我就在那里，在诺克斯先生的阿尔法·罗密欧里。事情就这样发生了。

"你要去哪里？"他又问了一遍。"哪儿都行。"我说。他看着我，扬起眉毛，笑着哼了一声，我以为他会让我下车，但他没有，他只是发动了引擎，然后加速离开，在侧翼后视镜里，我瞥见谭雅一脸痛苦，半张着嘴巴，我看了看身边的诺克斯先生——诺克斯先生，我在这里了，现在，终于，在诺克斯先生的车里，我和诺克斯先生——我也开始笑了起来。

事后，我忍不住告诉谭雅，告诉她他是怎么吻我的，一开始很温柔，他的嘴唇很柔软。然后越来越用力，用他的舌头。我告诉她，他是如何松开我的领带，解开我的衬衫，他落在我皮肤上的手指是如何冰凉。我告诉她，他是如何把手伸到我的裙子下面，指尖往上滑，然后用手指勾住我的内裤，把它拽了下来。

"他没有。"她说，惊恐地睁大眼睛。我对她发誓："他有。"她的惊恐刺激我继续说下去，我说一开始很疼。我说出血了。我说是在他的阿尔法·罗密欧的后座上，在高尔夫俱乐部附近的一条死胡同里，他先敞开了外套，事后他抽了一根烟。

一旦我告诉谭雅，我就不得不告诉唐娜和丽莎，丽莎也斜着眼睛说我在撒谎，我拿出避孕套给她们看：这是证据，我说，他给我的，好下次用。

我没想到谭雅会向她母亲哭诉这一切——所有这一切，包括我们去他家的那次。我们为此惹上了大麻烦，但他的麻烦更为严重。

我妈妈一问我，我立刻就崩溃了，我告诉她这一切都是我编的，但她不信，不明白我为什么要编造，不明白为何我一开始就知道要编什么。在一系列痛苦的电话中，她和谭雅的妈妈认定诺克斯先生对我、对我们所有人都施加了不健康的控制。

她们一致认为，无风不起浪。

她们联系了校长，结果如下：诺克斯先生被叫到管理层面前，被迫辞职，而我则被送去见一位辅导员，他试图让我谈论我父母的离婚。然后，到了秋天，我们听说达维娜已经离开了诺克斯先生，带着她的宝宝们去了她母亲家。一定是她最恐怖的噩梦成真了，一个最微弱的暗示，即她的丈夫、两个孩子的父亲，会再一次那样做。她比任何人都清楚，并不存在无辜这种东西。

我认为她是对的。

我不相信那只发生过一次。

那天发生的事情是，他载着我在路上开了五分钟，在车库前掉了个头，沿着马路另一边往回开，让我在离上车地点不远的地方下了车，然后他说："不会再有第二次了，你知道的。"然后大笑起来。但是，在他把我放下时，我能看见，即使在说不会再有第二次的时候，他的表情仍是似笑非笑，眉毛扬起。

这种事以前发生过。十四五岁的女孩总有一种特有的执拗：我会加倍努力去诱捕他。要是我没告诉谭雅就好了。

*

我举起酒杯，喝了一口，然后又喝了一口。诺克斯先生和梅丽莎还在对着鸡尾酒单傻笑，来回翻阅着纸页。"对不起。"我说，转向吧台，对离我最近的酒保说。他没有听见我说话，继续削着橘子皮卷。"对不起。"我又大声说了一遍。他举起手指示意我等一下。但我接着说："你看到那边那一对儿了吗？窗户旁边那一对儿？那个黑发男人和那个金发女孩？"他皱了下眉，放下橘子，看了看他们，然后又看看我。"我能帮他们买单吗？"我脱口而出。

"你想请他们喝酒？"

"是的，不管他们点什么。全部。我想付全部的账单。"

"我去帮你叫一下酒吧经理。请稍等。"

我的心怦怦直跳。这很冲动，也绝对愚蠢。我的朋友们还没到，当诺克斯先生喝了一两杯酒要求结账的时候，我们应该还坐在这里，我该怎么向他们，或者向他解释呢？酒保会指出是我付的钱。即使我要求他们不要透露，不要出卖我，我的名字也会出现在信用卡小票上，所以他会知道的。他会知道吗？这么多年过去了，我的名字对他还有任何意义吗？当然会有。一定会有。

我在凳子上转了个身，再次看向他们。梅丽莎，一头金发、嘟起的光洁的嘴唇和蓝色的眼睛，看起来不太像她。说起来，她跟达维娜也不是很像。他们在假装争论着什么。她甩了甩头发，歪着头，双手叉腰，一副愤愤不平的样子，而他握住她赤裸的上臂，捏了捏，轻轻摇晃她。她尖叫起来，然后大笑着把头向后仰去，他俯身在她耳边喃喃低语。

她必须是他女儿。她必须是。

"女士，有什么需要帮忙的吗？"酒吧经理隔着吧台弯过腰来，试图引起我的注意："对不起？"

"对不起，"我说，"我走神了。"

她必须是他女儿。

"我听说你想给窗边那对客人买杯酒。"

"没有，"我说，"对不起，我弄错了，我把他们当成别人了。"

"没问题，"他说，平静，专业，"还需要为你做什么吗？"

我看着他。他等待着，礼貌地歪着头。我差点说："你能打听到他们的名字吗？"然后我意识到，无论结果怎样，我都不想知道。

# 逃生路线

那年的大部分时间,你都沉迷于《魔域》①里的各种滑台和秘密通道。这不是作弊,作弊能让你瞬间获得宝物,而不需要去赚取它们,这是完全另外一种东西。你指的是虫洞,克里斯托弗就是这样称呼它们的。在那里,你好像是被卡住了,然后蠕动着抵达安全地带,极速穿越空间和时间。第一个,也是最好的一个,是在祭坛室里。

在一个角落里

它说,

是一个通向黑暗的小黑洞。

你根本不可能把棺材弄到那下面去。

几个星期以来,你一直试图找到另一条回去的路,一边走,一边丢弃那些来之不易的东西:杀人不眨眼的刀、大蒜、瓶装水,甚至宝石蛋,因为那个声音一直说你带的东西太多了。你把你知道的所有动词都试了一遍,还查阅了其他的。推棺材！挤压棺材！收缩！拆卸！强迫！但无一奏效。然后有天晚上，克里斯托弗告诉你虫洞是"祈祷"。你惊愕地看着他。

输进去，他说，把头发塞到耳后。输啊，输入"祈祷"。

你输入了，紧接着你就回到了森林，连同棺材和所有东西。

看到了吗？他说。你问，你怎么知道的？他只是耸耸肩，笑了笑。

克里斯托弗跟其他临时保姆不一样。那些人喜欢尽快把你和你弟弟弄到床上去，这样他们就能吃披萨、看电视，给他们的朋友打电话。有时你会在父母房间的分机上偷听，手柄斜搭在脸上，听筒里的声音含混不清。他们的对话总是遵从固定的模式，一遍又一遍，没完没了，大多数情况下，在他们结束通话前你就没有耐心了。但跟克里斯托弗在一起你永远不会觉得无聊。他带来许多游戏软盘，《基克斯和死亡之星》《末日战机》《碎骨魔》《迷宫》，还有《贪吃蛇》，每次都有新花样。他跟你一起坐在BBC

---

① 《魔域》(*Zork*)，Infocom 公司开发的一款电脑游戏，于1980年起面向大众市场发售，是最早的文字冒险游戏之一。玩家通过文字指令解密寻宝。

电脑旁边的地板上,告诉你什么时候躲闪,在哪里转弯,还有要避开什么,然后,当死亡之星降临的时候,他就会接手游戏,而你则捂上自己的眼睛。《魔域》是其中最好的游戏,是他送给你的十岁生日礼物,让你可以随时玩。他告诉你父母,这个游戏是一系列语言推理和逻辑智力游戏,正因为这一点,他们让你想玩多久就玩多久,而不是限制你在做完作业、练完钢琴之后玩,而且只能玩二十分钟。

冥府和荒原的入口处传来哀叹之声和恶灵的讥笑——你又被困在这里了——你再次尝试克里斯托弗的虫洞。

> 祈祷

你输入这个命令。

如果你足够努力地祈祷,它就有可能被听到。

你的心怦怦直跳。

> 努力祈祷

你试了试。

无法识别"努力"这个词。

所以你又再次尝试"祈祷","祈祷",然后是"祈祷祈祷祈祷","念诵《主祷文》"以及"全心全意地祈祷"。但这次没有奏效。然后你反复输入"祈祷",你数了数,超过四十一次，直到你手指抽筋，屏幕看上去不再移动。但虫洞已经关闭，甚至连类义词典也不再奏效——恳求！哀求！央求！乞求！再见到克里斯托弗的时候，你给他讲了这些，他突然说，你相信祈祷吗？

你不知道他是什么意思，然后他说，在现实里。

你说，我们在学校里祷告。例会之后念主祷文，每天早上都是。

你相信它吗？他说，你相信上帝吗？

不信，你说。我也不知道。也许吧。你的爸爸妈妈都是无神论者，这很不寻常，他也知道这一点，这正是他问的原因。你记得自己去过四次教堂：参加布朗·奥尔的婚礼，还有圣诞节时去听圣歌。这引起了克里斯托弗的兴趣，他告诉你他正在写一篇论文，讨论信仰是与生俱来还是后天习得。他告诉你，有些婴儿被狼抚养长大，然后被人类发现了；他告诉你，人们用红黏土和木棍在隐蔽的洞穴墙壁上作画。你不明白他在说什么，但你听着，或假装在听，因为你喜欢克里斯托弗，而且他平时不会说这么多话。

克里斯托弗在女王大学念哲学，他会弹吉他，喜欢日本女孩，至少他是这么说的，但他那个分分合合的女朋友凯瑟琳却有一张红红的圆脸和一头软绵绵的金发，而且跟日本人八竿子打不着。你不喜欢凯瑟琳。有时，当克里斯托弗上门照看孩子的时候，她也会来，拿着她的杂志坐在沙发上，希望克里斯托弗也能坐在她旁边。当你央求克里斯托弗帮忙解决一个棘手的难题时，她会气呼呼地大声叹气。她还总是命令他把头发剪掉，但他一直不肯，她为此大发雷霆。他的头发很长，比你的还长，被梳成中分，塞在耳朵后面，在脖子那里绑成一个马尾。她说男人这样很恶心。她对他说，看在上帝的分儿上，连你自己老妈都说这很恶心。但你妈妈却说他这样很好，他勇于做一个独立的个体，而不是随波逐流。

克里斯托弗说话时，眼睛一闪一闪的，不停晃动着双手，你想知道亲吻他是什么感觉，就像凯瑟琳所做的那样，唇舌相吻。这样的念头一度让你觉得恶心。但最近，它却让你心神不宁，让你胃里有一种你不太理解的空虚感。

克里斯托弗失踪的那年夏天，你只见到他两次。

因为局势起伏不定，所以夏天那几个月，你父母很少外出。倒数第二次，是他母亲和你母亲被困在了城市的另一端——一场葬礼，然后是某种恐慌，桥梁关闭了——

于是他带着你和你弟弟去了他家。他在替一个朋友照看小狗，他妈妈担心如果让它独自待太久，它会把杂物间毁了——你们的妈妈们本来应该只去几个小时的。

那条小狗多半是微型雪纳瑞，可能还掺杂了一点别的品种：它有腮须和刘海，一张脸像个小老头似的。它六个月大，爪子还是太小。你们到他家时，它正在哀诉悲泣，挤在滚筒烘衣机和墙壁之间的缝隙里。把它引出来足足花了十分钟和一长串狗狗巧克力豆，与此同时，克里斯托弗在桶里混合漂白剂，清理掉了它弄出来的一团污渍。它一出来，你就像对待婴儿那样抚摸它、拥抱它，渐渐地它胆子大起来，吠叫着咬你的手指，然后你们三个人把它带到花园里，玩起了追逐的游戏。

不一会儿，你想上厕所，就进屋了。那房子是一座平房，几间卧室和客卫都在一条长长的走廊上。回去时，你在克里斯托弗房间门口停了下来。门是虚掩着的，你对自己说，这不是偷窥，毕竟门是开着的，然后在你意识到之前，你已经溜进去了，你站在了他的卧室里。

你来过这个房子很多次，但从来没有进过这个房间。它有一股霉味，还有一股草药般的、禁忌的味道。尽管那是白天，但窗帘是拉上的，不过有足够的光线透进来，让你能够看到皱巴巴的没整理的床铺，靠在另一端墙上的吉他，揉成一团的袜子，还有脱成人形的 T 恤。

你往里走了一小步，然后又是一小步。墙上、衣柜门上都贴着乐队的海报，就连衣柜内镜都被它们遮去大半，其中主要是某个乐队的海报。你知道那是克里斯托弗喜欢的乐队：狂躁街道传教士。最大的那幅是从报纸上撕下来的，上面是一个手臂刺了字的男人：是真的刺，用一把刀愤怒而狂暴地划过。你把它们拼出来，是 4 REAL①。你的胃里翻腾起来，一种眩晕的、发热病一般的感觉。你眯着眼浏览报纸上的报道，感觉有点喘不过气来：里奇·爱德华兹失踪于……②

外面传来一阵动静，你吓了一跳，发觉有人砰的一声关上了后门：有人进来了。你溜出房间，小心翼翼地让门保持原来的样子，然后回到厨房去找他们，你的心像拳头一样在胸口翕张。

---

① 即 for real，意为"为了真实"。1991 年，狂躁街头传教士乐队的成员里奇·爱德华兹在接受 NME 记者采访时，被问到"为何在诺里奇艺术中心的演唱会那么认真"，他未加回应就用刻刀在手臂上刺出了"4 REAL"几个字，后来在医院缝了十七针。

② 狂躁街头传教士乐队成员里奇·爱德华兹于 1995 年 2 月 1 日失踪至今，2008 年 11 月 23 日被英国法庭裁定宣布其死亡。

两周后,你最后一次见到他。你和住同一条街的艾莉森·麦基格把香囊中的碎渣包在厕纸里,在卫生间窗口抽,被克里斯托弗发现了,他答应你不会说出去。他只是笑笑,说,如果你只抽草药那就没事,真正邪恶的是烟草,还有烟草公司。然后他说,天啊你们知道吗,这里太难闻了,你还没有顾及被父母发现的恐慌,他就帮你推开了窗户,合页被干结的油漆卡住了,他用力推过去,还把那些碎屑冲进了水槽。然后他从包里拿出一罐林克斯除臭剂,喷了一下,来掩盖气味。他说,如果他们问起,你就说是我干的。说我一会要去见凯瑟琳,想要梳洗一下。

艾莉森·麦基格的在场给你壮了胆子,你厚着脸皮问,你真要去见她吗?他看着你说,没有。我们上周分手了。

很遗憾,你说,不知道该说什么,艾莉森哧哧傻笑。是你把她甩了吗?她说,侧身瞥了你一眼,还是她把你甩了?

克里斯托弗摘下他的金属框眼镜,用格子衬衫的衣襟擦了擦,然后重新戴上。他定定地看着你,说,"甩"是一个丑陋的词,因为它假设人是垃圾,是毫无价值的。我认为说把谁甩了是不合适的。

艾莉森在你身边拼命憋住不笑。你已经能听见她的声音了，在商店旁边的公交车站里，就在明天，或者今天下午，你能听见她故意让自己的声音变得高亢而浮夸，模仿出马尾和眼镜。你还知道你会配合她的，因为你不得不如此。

克里斯托弗说，我要去烤披萨了，在一段过长的停顿之后，他又说，你俩想吃吗？不想，艾莉森说，然后挽起你的胳膊，我们要去聊一些女孩子的事情，对不对？

是的，你说，然后努力用眼神表达歉意，但克里斯托弗只是笑着说，真不错。

后来，艾莉森走了之后，你发现他坐在沙发上，只是坐在那里，连电视都没开。你的弟弟在隔壁浑然不觉地玩《死亡之星》，跟着阵阵嗡鸣声忘乎所以地呼喊、尖叫。

你想玩《魔域》吗？你说。我到了一个新位置，被卡住了。

你把你弟弟赶到一边，跟克里斯托弗玩了一个多小时。他告诉你，诀窍在于不要只是拿着权杖，而是要挥舞它："挥舞权杖。"确切地说，那不是一个虫洞，而是一个你从未想到的东西——彩虹突然变成了固体。他说，你需要在上面走过去，不是现在，等一会儿。现在你要环视四周。你输入"环视四周",然后,在原来那儿,凭空出现了一罐金子。

你说,嘿!但他只是说,现在去西南方向,然后一路走回峡谷景区。然后往西北方向去清理区,然后向西回到窗口,进入厨房,然后再回到客厅,把你的宝贝放进箱子里。

为什么告诉我这些?你问,因为通常他都让你自己想办法,除非你就要被杀死了。他说,有三个部分,虽然你花了好几个月才走到这一步,但这才只是第一步。

那你到底是怎么知道的,你说,有些恼火。他只是耸耸肩,拨了拨扎住头发的橡皮筋。你为凯瑟琳难过吗?你突然说,把目光从他身上移开,看回屏幕,感觉脸在发烫。

我为凯瑟琳难过?他说这句话的方式像是在做出否定的回答,但也可能是肯定,而你不知道该如何再次发问。也许下次你会遇到一个日本人,你想说,但贝尔法斯特没有日本人。所以你什么也没说,只是在他的注视下再次穿过森林。

你完成了第一部分,然后又勤勤恳恳地玩了一星期第二部分,想用这个进度震惊他。在大坝的维修室里,你一次次溺水，直到发现不能按蓝色按钮，只要按黄色按钮就可以了。但是，一直到最后你都止步于此，因为他就是在这个时候失踪了。

你父母很平静地跟你讲了。他们说，会找到他的，他可能跟朋友去了格拉斯哥，凯瑟琳是这么认为的，他在曼彻斯特也有一个同学，所以接下来他们会去看看。才过去一个星期。他已经足够大了，可以照顾自己。他肯定会在不久后出现的。

他们不知道你在电话另一端听到了他母亲说话，你拿起分机，比以往任何时候都要小心，几乎不敢呼吸，拿着听筒的手掌一直在冒汗。你听到了他母亲的哽咽和抽泣，而你的母亲努力安慰着她。你知道他没有留下只言片语，但也没带走任何东西：没带走架子上那罐五十便士硬币，没带走他心爱的吉他，没带走随身听，甚至——据他们所知——没带一件换洗的衣服或内裤。你想开口问问她，他有没有可能在东京，但你当然不能这么做，毕竟，连你自己都不相信。

有天晚上，你做了一个噩梦，梦见他被困在《魔域》里，从此，你发现自己再也没办法玩这个游戏了，因为那个提示和回应的声音，说着俏皮话、大惑不解的声音，突然听起来跟他的声音一模一样。一想到他就在里面,试图跟你说话,你的皮肤就会发紧、皱缩,于是你拿出软盘,把它塞回原来的套子,埋在了盒子的后面。你想起了他衣柜上的图片,你觉得,整整一年的《魔域》都是一场训练,是人们试图告诉你的秘密信息,它们就在那里,等着被你读到,你只需知道该如何去读。而你知道,你就是知道,他再也不会回来了。

# 杀戮时间

三月一日，一个星期天，我试图自杀。我没有计划过此事。我只是莫名其妙地发现自己站在洗手间里，心跳得很快，我透过波纹玻璃看着外面水汪汪的灯光，知道自己要做这件事了，而且突然之间，一切都有了意义。我跪下来，伸手去够水槽下面的药柜，在膏药、卫生巾和一瓶瓶黏黏糊糊的咳嗽糖浆当中翻寻。接下来，我盘腿坐在床上，把扑热息痛药片从吸塑包装里按出来，抖落出婴儿阿司匹林，直到凑够了一小堆，我把它们在羽绒被上排好。

我对剂量一无所知。我妈妈是个健身狂人和养生控，她不相信止痛药，除非遇到极端紧急的情况。我和我哥哥从小到大牙痛靠丁香油治、跌打损伤靠山金车、胃部不适就喝洋甘菊茶。她从上纽敦纳兹路的"自然之道"买来一袋袋布满灰尘的甘菊花，还有治疗她头痛的干紫草叶和旨在抑制食欲的中国茶。后者我试过一次：又淡又苦，一股烧焦的味道，让你的舌头在嘴巴里变得干燥不堪。

我的嘴巴此刻也干干的。时间在追赶，在跳跃，但我仍有足够的条理给刷牙杯装满水，把它带回我的卧室。我端起杯子，喝了一口。我的嘴唇感觉沉重，嘴巴里的水仿若泥浆，余韵中有股薄荷味。但我不放心自己下楼去找合适的杯子，甚至不放心自己去洗手间冲一下刷牙杯，把它重新装满。我大口吞咽着，努力阅读扑热息痛包装上的说明。上面说，十二岁以下儿童每二十四小时最多服用四片。成人最多能服八片。还剩下八片，而我刚满十三岁。把它们一次性全吃了肯定会带来一些后果。我研究了婴儿阿司匹林的包装，是樱桃口味的咀嚼片，已经过期很多年了。我判断，它顶多让你白忙一场。我摆正羽绒被上的一粒药片，让它跟它的伙伴们对齐。我耳朵里发出嗡鸣声。我又喝了一口那泥泞的水，然后开始吞下扑热息痛，一次两片。一首歌开始在我脑海中播放，一首歌的一部分，多年前一首愚蠢的童谣：动物们两个两个地进去了，万岁，万岁。我咽下最后两片扑热息痛。大象和袋鼠。婴儿阿司匹林味道酸涩，尝起来完全不像樱桃。我得防止自己把它们吐出来。我坐了一会儿。那首歌和它的动物们在我脑海中游走,一遍又一遍,它们的脚坚持不懈地发出重击。独角兽到得太晚了,没能避开那场雨。我拂去羽绒被上白色粉末的痕迹,站起身来,对着镜子看了看自己的脸。我的刘海该剪了。我把刷牙杯带回洗手间,小心翼翼地把牙刷放回去,塑料柄上的刷头明亮而硬挺。我刷了牙,除掉嘴巴里合成剂的味道,然后回了卧室,躺在床上。

今年秋天,我们在英语课上学了《萨勒姆的女巫》①。几个月来,我一直无法停止思考吉尔斯·柯里被压死的场景,因为他拒绝回答"是"或"否"。那种酷刑被称为重石压迫刑②,他们让你躺下,然后把一块又一块石头压在你胸口上,直到你在重压之下再也无法呼吸。有时那只需要几分钟,有时却要用去数日。吉尔斯·柯里,真正的吉尔斯·柯里,是真实存在的。他是整个美国唯一一个死于重压的人,但过去在英国和法国,人们一直这么干。放学

---

① 《萨勒姆的女巫》(*The Crucible*),又名《坩埚》,是美国剧作家阿瑟·米勒创作于1953年的戏剧。剧作取材于1692年至1693年发生于马萨诸塞湾萨勒姆镇的萨勒姆审巫案,影射的是当时美国政府奉行的麦卡锡主义。
② 古英格兰刑罚中的一种酷刑,将犯人单独隔离、使之挨饿并将其裸体压在一块大铁板下。

后我在图书馆的百科全书里查到了这些。第一天,你被允许吃面包;第二天,还有接下来的日子,就只剩下臭烘烘的水。

吉布森小姐说,某个人死了,和某个人被杀死了,这中间是有区别的。如果一个人是被屠戮了,或者被谋杀了,那么说他死了就是一种推卸责任的方式。她在黑板上写下"推卸"两个字,在下面画了一条线,然后在它旁边写下了一串词语的阶梯:从最顶端的"被谋杀"到最下面的"去世"。我们要对词语的力量保持警惕,最重要的是,要警惕它们的幽灵——也就是你用它们来表示什么或不表示什么的方式,或者避免把它们直接说出来的方式。她说,我们应该闭着眼睛听新闻,这样我们才能听得更清楚。她说这话的时候,几个女孩咯咯笑了起来。她假装没注意到,脸上却浮现出不快的神色。据阿什利·麦考利说,当她转身把书放回储藏柜的时候,她哭了。重石压迫处罚。当你说出这几个字的时候,你能感觉到那些石头的重量,每一块。

大约一个小时后,父亲叫我下楼吃饭。我坐起来,理了理刘海,绑紧马尾,然后下楼去了。我们四个人坐在那里，叉着土豆和坚果烧①，刀子刮擦在瓷器上，聊一些关于学校、朋友和邻居的话题。之后，我上楼回到房间，再次上床，衣服仍旧穿得整整齐齐。我闭上眼睛，试着呼吸。我说不清肝脏有没有疼，甚至，当我思考这个问题时，我都不知道它应该在哪个位置疼。我再次阅读包装背面，还有里面小册子上的所有那些小字。我以为服药过量会让你进入一种棉花糖般的睡眠，但扑热息痛不是让你入睡的，所以一定是肝脏。也可能是肾脏。我不知道这里面的区别：今年，到目前为止，我们在科学课上学的都是关于食物链和植物繁殖的知识。心皮、花粉囊和雄蕊。我的成绩很好，因为我画得非常整齐，而且还给它们配好了颜色。

我躺在那里，听着电视的声响，那声音透过天花板和地毯，变得皱缩而含混。我听见爸爸带着希巴去了后花园。我的卧室刚好就在他们上面，所以我能听见他跟她说话，他叫她希布斯、希布-希布，老姑娘，拿隔壁家的猫逗弄她，因为希巴害怕那只猫。我听见她的叫声，好像在跟他交谈，我还听见他们回屋的时候门砰的一声关上的声音。

---

① 坚果烧（Nut Roast），英国传统素食，用坚果碎、洋葱、奶酪等做成面包的形状。

电视里响起《不羁夜》①的时候，我知道两个小时已经过去了：我妈妈每天上午和晚上都会跟着罗斯玛丽·康利②的视频做运动，但会等到饭后至少两个小时。有时我跟她一起做。一二三四五六七八。然后出去。录像结束了，希巴最后一次来到花园，门被锁上，楼梯上传来脚步声，有人在喊"晚安!"。水龙头开着，马桶在冲水。"晚安!"我小弟弟尖利的嗓音，"晚安!"

我醒着躺了很长、很长一段时间，最后不知不觉睡着了。

然后，令我惊讶的是，我醒了过来，一切如既往：上学，提琴练习，家庭作业。我整理自己的房间，背法语单词。奇怪的是，我比过去很多年感觉都要好。好像一个安全阀得到了释放，我第一次可以重新呼吸。星期一，星期二，星期三，星期四，星期五。一周过去了。好像现在事情不那么重要了，而且，因为它们不再那么重要，所以变得更容易忍受了。

---

① 《不羁夜》(*Boggie Nights*)，1997年的一部美国电影。这里应指电影配乐。
② 罗斯玛丽·康利（Rosemary Conley），英国商人、作家、运动和健康节目播音员，曾编导低脂饮食及运动节目。

星期六，我父母要去参加一场婚礼招待会，那是在柏薇酒店举办的一场晚午餐——他们的一个朋友离婚了，现在又再次结婚。有史以来第一次，他们认为我们已经足够大了，可以独立待在家里：毕竟那是白天，而且就在同一条街上。他们一过两点就走了。我看着出租车驶离路边，转上主路，我又给了他们五分钟时间，免得他们忘了带什么东西。然后我大声命令尼奥尔待在自己的房间里，在我回来之前都不要动。

那是个湿漉漉的大风天，不适合外出。但那件事整整一个星期都让我烦躁不安，而且我可能不会再有机会了。

我走得很快，穿过居民区的街道，我把衣领拉起来保暖——也是为了遮住我的脸。到主路和商店只需要走十分钟，但我从未感觉自己如此显眼，如此赤裸。汽车呼啸而过，有些已经开了车灯，把水坑里的脏水溅到人行道上。每当远处传来汽车鸣笛或排气管回火的声音，我都几乎跳起来。我父母临走前立下了规矩：不许打架，不许应门，在任何情况下都绝对不能外出。如果我妈妈不知道我们在哪里，她会六神无主。

到了报刊店，我推开门，铃声、嘈杂的人声和氤氲的热气扑面而来，真让人长舒一口气。轮到我的时候，报刊店的人问："要买点什么？"米克是个很友好的人，他妻子阿兰娜也是。我突然觉得，不管怎样我都该去别处的，巴利哈克摩尔的某个地方，离家更远的地方。

我深吸一口气。我希望他看不见那种怪异的罪恶感，我感觉它就写在我脸上。我对自己说，只要止痛药片回到柜子里，一切就像没有发生过一样。"我需要一盒扑热息痛。"我说。

"你运气不太好，"他说，越过我头顶，朝着在我身后慢慢移动的老人眨了眨眼，"你知道为什么吗？"我望着他。"因为树丛里的鹦鹉把它们都吃了，鹦鹉把——它们——都——吃了：你明白我的意思吗？"我身后的老人发出一阵痰笑。米克看起来很失望，因为我没有笑。我挤出一个笑容。他把手伸到背后，从架子上拿过一个盒子，跟我们吃的不一样，但我暗自希望我父母用到的时候不会察觉到。

"还要别的吗？"米克说。

"一瓶婴儿阿司匹林？"

"无能为力。没货，只有普通阿司匹林。"

我不得不放弃婴儿阿司匹林。不过没关系：从尼奥尔小时候到现在,他们从来没用过婴儿阿司匹林;他们可能已经忘记了它的存在。扑热息痛是最主要的。我递上五十便士,他在收银机上给我找了钱。

"吃多少,"我听见自己说,这句话不知从何而来,"一次能吃多少?"

米克皱了皱眉,拿起盒子。"这里说二十四小时内不得超过四剂。"

"四剂就是八片吗?"

"上面是这么说的。是你自己吃吗,亲爱的?"

"是给……我妈妈的。她头痛。她有头痛的毛病。"

老人俯身向前,拍了拍我的肩膀。"不过,你最好小心一点。"他说。

"你说什么?"我说。

"我说,不过,你最好小心一点。"

我转过身来看着他,他的脸很瘦,棱角分明,他的眼睛是乳白色的,耳朵里有几簇黄白色的毛发。他把脸凑到我面前,我能感觉到他温暖、湿润的呼吸。

"知道那个妇人吗,"他说,靠得更近了一些,"头痛得厉害。大把大把吃这药,每隔几个小时就吃。头痛好了,她没再想,接着忙她的事。几天后,呕吐来了,她的皮肤开始发黄。然后她肿得跟你的米其林轮胎似的。他们把她送到医院，但太晚啦。"

"你想说什么？"我说着，想后退一步，但我的背紧靠着柜台，没有地方可去，"是什么意思？"

"你瞧，她吃上瘾了，"他说，唾沫星子溅到我身上，"她服药过量。这毁了她的肝脏什么的，她的器官一个一个罢工啦。哦，即使是你的死对头，你也不想让他经历这些，那个可怜的女人经历了什么呀。他们说那是最痛苦的死法，因为一旦你的肝脏罢工，就没有一点办法给你止痛了。惨的是她这么干的时候完全没有意识到。她家全完啦，全完啦。米克，一份邮报，还有一包本森①，麻烦你了。"

我盯着这个老人。他看起来像个……那个词是怎么说的来着，像个预言家。

"是真的吗？"我问。

"亲爱的，你说什么？"

"是真的吗？——你说的那些？那个女人的事。"

"上帝保佑她的灵魂。那是一场可怕的悲剧。太可怕了。"

---

① 原文为 B&H，指英国的 Benson & Hedges 香烟。

"你确定是止痛药的缘故？不是别的原因？"

"哦是的，肯定是治头疼的药。要我说，他们应该附上更多警示。最残酷的地方是，她觉得自己很好。头疼没有了，她一连好多天都完全正常。至少她自己这么觉得。而与此同时伤害正在发生。上帝保佑她的灵魂。"

他浑浊的眼睛再次滑过我的脸，试图与我对视。一股巨大的热流穿过我的身体，紧跟着是一阵寒噤。

"别吓唬人了，艾迪，"米克说，"你把那小姑娘的胆都吓破了，你瞧她的脸。"

"要是吓唬人就好了，"老人说，"他们说，那比你想象的更常发生，他们应该把警告写在包装上。就算是你的死对头，你也不会盼着他发生这种事。"

"得了吧，艾迪。我敢肯定她妈妈知道自己在做什么。别理他，亲爱的。"米克用收银机结账。老人仍旧在盯着我看。他都知道，我想。我不知道他是怎么知道的，但是他知道。我从他身边挤过去，设法走出商店，来到转角处一条小巷的昏暗尽头。

我想对自己说，那个老人疯了，要么他就是在撒谎。我拼命回想家政课上教的急救知识。如果你怀疑某人触电了，千万不要摸他。切勿用黄油处理烧伤。ABC代表气道、呼吸、循环①。这些规则在我脑海中嗡嗡作响，整齐划一，毫无用处。我们没有提到过止痛药过量。最接近的，是有一次迈克艾瑞夫人谈到包扎止血绷带，这时凯丽·克拉克举手说，割腕是不是没用？是不是得把手腕切下来？迈克艾瑞夫人让她不要这么病态，如果她再问类似的问题，放学后就别走了。

一阵麻木的感觉笼罩全身。我用一只手撑住垃圾桶的盖子，让自己站稳。我试着合乎逻辑地思考。我试着用吉布森小姐的方式思考。那个老人说，几天后。几天是多少天？三天？四天？肯定不超过五天吗？两三天是指两天或三天，数天可能更长一些，但几天肯定比一周少，肯定比——已经过去几天了？——六天少。

慢慢地，我平静下来。雨下得更大了，我浑身湿透，但我仍旧待在那里，待在那个满地都是呕吐物的小巷子里，直到我的腿有了足够的力气，能把我带回家。

这次我走的是霍利伍德大街，经过柏薇酒店时，我突然想要走进去，沿着车道，走进大堂然后穿过去，一直走到餐厅，找到我的父母。但我要说什么呢？无论我说什

---

① 即 Airways、Breathing 和 Circulation。

么，我父母都帮不上忙。我站在马路对面，看着酒店的大门，我紧紧攥着拳头，以至于在指甲抠进去的地方，皮肤下的血涌成月牙的形状。当我猛地转身离开时，我感觉时间过去了很多年。

我赶回家，尼奥尔在他的房间里，门关着，一个骷髅头交叉骨的标志贴在门上，写着"女生禁止入内"。他还用小字写道："说的就是你！！！"

我敲了敲门。

"走开，"他说，"我很忙。"

"尼奥尔。"我说，把门推开一条缝。他正蜷缩着身子，粘着什么东西。

"我还以为你英语很好呢，"他说，"你不识字吗？"

"尼奥尔。"我说，话到嘴边却说不出来。

"怎么了？"他说。

"尼奥尔。"我再次尝试。

**"怎么了？"** 他说，见我没有回答，他翻了个白眼，继续粘贴。是《让我头脑静一静》[①]。

---

[①] 《让我头脑静一静》(*Give My Head Peace*)，爱尔兰风靡一时的电视连续剧，1988年开始播出。

"你想玩乐高吗?"我脱口道。

他盯着我。"我什么?"

"你想玩乐高吗?我们可以拼海盗船和太空船,来一场对战。"

尼奥尔在椅子上动了一下,看着我。

"这将是史诗级的战役,"我说,"会是一场大战。就像……大屠杀。"

"我不知道,"他说,"最近我不怎么玩乐高了。"

"从什么时候开始?"我说,"连海盗船也不玩了?"那是他前年的圣诞礼物,连我都有些嫉妒。

"我不知道,"他说,"我真不知道。有些零件被希巴吃了,我觉得。"

"噢。"我说。

"反正我也不在乎,"他说,又转回身去粘贴,"但是如果我告诉爸爸妈妈你出去了,你会有大麻烦。"

"尼奥尔?"我说,我听到自己的声音有些颤抖,"我不知道该干什么。"

他朝我皱了皱眉,"你是说现在吗?"

"现在——今天剩下的时间——求求你了,尼奥尔,我能跟你一起坐在这里吗?"我说,声音低得像耳语,

"我不会妨碍你的,我保证。"

"明智,"他说,然后叹了口气,"来,"他说,把纸板推到一边,"如果你愿意,可以看我玩《报童》。那天我差点就在中路上拿到一个'完美配送'了。"

我想谢谢他,但他看我的眼神好像我已经疯了,所以我闭上嘴,跟着他走下楼。

我们启动阿姆斯特拉德电脑[①],并肩坐在一起,他朝着门口的报纸开火,撞到了花盆上,躲避着四处流窜的轮胎、遥控汽车和龙卷风。这是平庸、重复、怪异的催眠。渐渐地,我感觉呼吸拉长了,心跳慢了下来。过了一会儿,我不再看电脑屏幕,转而看着尼奥尔,看着他苍白紧皱的额头,还有他弹跳的手指。我们在那里坐了几个小时。等他放弃那个令人费解的"完美配送"时,已经快到下午茶时间了,我用微波炉加热了妈妈放在冰箱里用保鲜膜包好的夹心土豆,每盘加热三分钟,然后在上面小心翼翼撒上奶酪碎。尼奥尔吃了他那一份,还吃了我的大部分。吃完后我洗碗,把每支刀叉都单独擦干,再排列整

---

① 阿姆斯特拉德电脑(Amstrad),1984 年问世于英国,总销量只有 200 万台,1990 年退出市场。

齐。只要继续前进就可以了，我对自己说。就像在游戏里：你可以加速，也可减速，但你必须保持前进，因为一旦你停下来，一切就结束了。我把最后一把刀摆在属于它的格子里，关上餐具柜。尼奥尔这时已经回房间了，忙着玩他切割和黏合的鬼知道什么东西。我打湿抹布，擦干净桌子，然后把抹布拧干，晾在水龙头上。我从来没有感觉这么累过，比我记忆里任何时候都要累。我想去睡觉，但我不敢——害怕这次我不会再醒来。

就在我思索接下来要干什么的时候，我听见希巴在后门那里悲嗥，我意识到我们整个下午都没让她出来。"那就来吧。"我说，她甩了甩尾巴，或者说做了一个甩尾巴的姿势。我打开门锁，她拖着身子站起来，朝外面走去。雨还没停。她艰难地穿过院子，走到花园边上，然后蹲了下来：来挖她的水坑，我突然想起来，我们小时候总是叫她水坑。我不记得没有希巴的日子了。我不记得她是一条小狗时的样子，除了在照片上。她一直都在那里。

她步履蹒跚地回到屋里，我放她进来，跪在她旁边的地板上。她一度是真正的金色毛发，如铂金一样闪亮，但她现在成了一种灰暗的色调，口鼻也是灰色的。她正在老去：我的父母就是这样说的。可怜的老希巴正在老去。我抚摸着她，看见她的绒毛打结了。所以我梳理着她腹部柔软的毛发，把它们理顺，然后用手指滑过她潮湿的皮肤。确切地说，她并不脏，因为她不再经常出去了，但摸上去也不是很干净。她太僵硬、太笨重了，没办法爬进浴缸，而且大冬天用冷水管冲洗她似乎也很残酷，所以她已经有好几个星期没有好好洗过澡了。我爸爸时不时用面巾和肥皂水给她擦拭身体，但她需要合适的洗发水。我突然想到，也许我们可以用床单做一个吊篮，我们四个人可以把她抬进浴缸，再抬出来。然后我可以用吹风机最低挡把她的毛发吹干，这样她就不会受凉了。

也许我们明天下午就可以做：也许那就是我们可以做的。到那时，整整一个星期就过去了，七个日日夜夜，比"几天"要多，然后我就知道我已安然度过。当然，一个星期当然够吗？我和希巴蜷缩在一起，躺在杂物间的油布地砖上，闭上眼睛，呼吸着她那温暖、酸涩、像饼干一样的气息，疲惫不堪，乃至突然有了一种如释重负的感觉。

三月剩下的日子过去了。三月变成了四月，四月中旬，复活节来临，然后复活节次日，希巴死了。妈妈从超级马克给她买来狗巧克力，但她没吃，只是舔了舔，然后摇了摇尾巴尖,第二天早上,她僵硬而冰冷地靠在杂物间的门上。我们都哭了,连爸爸都是。

那天晚上,我听见我父母在楼梯平台上说话。尼奥尔一整天都悲痛欲绝,妈妈不得不坐在他身边,直到他抽泣着入睡。"这对他们是好事,"她说,"人们都这么说。让他们了解什么是死亡。"但在说这话时,她哭了——我能听见。然后她说:"这是个玩笑吗?这他妈的是个玩笑吗?"妈妈从不说脏话。我这辈子从来、从来没有听妈妈说过比"该死""糟糕""胡说八道"更重的字眼。我听到爸爸让她安静下来,安抚着她,好像他是唯一的家长,而她是个孩子。

我想起今天早上我们发现希巴时,他们对彼此、对我们说的话。"她睡过去了""她离开了""她去了更好的地方"。这些都是温柔、模糊的词句,跟"谋杀""杀害"甚至"死去"相比,刚好处在天平的另一端。而在天平之外的某个地方,则是我试图去践行的那个有毒的词。我试着让自己大声说出来,但我做不到:那个词就在我舌尖上,太可怕了,以至于说不出口。吉布森小姐在写她的死亡词汇之梯时,甚至没有提到这个词。

我躺在床上,听着他们在楼梯平台上的谈话,满腹疑问。我努力不去想这个问题，但还是忍不住想，还另外需要多少片药：一整条八片，或者四片，可能只要再多两片，甚至一片。突然有很长一段时间，我似乎无法呼吸。然后我喘过气来，然后我只专注于呼吸。

# 穿越衣柜

要从贝儿公主的裙子开始说起。

多尼戈尔购物广场开业那天,你妈妈带着你们所有人都去了,冒着瓢泼大雨在外面排队。你们都手舞足蹈的,因寒冷和兴奋而发抖。里面是你见过的最神奇的地方。你的姐姐们呼号雀跃着跑去了后面的玩具旁边,它们高高地一直堆到屋顶,但你只是站在那里,紧紧抓着你妈妈的手,无法移动,甚至不能呼吸。这就像置身天堂,或者外太空——远离外面十一月的灰色街道和污浊的水坑。

商店里光线昏暗,被数百个针形光点照亮,宛如星星。音乐正在播放,《你世界的一部分》[①],来自《小美人鱼》。在动画片里,当这首歌响起时,爱丽儿和弗劳德旋转着,翻着筋斗,一直游到洞穴最顶端,而塞巴斯蒂安被自己的倒影吓坏了,困在了一个酒罐里。

你看过那部电影,很多很多遍,每个字都记得滚瓜烂熟，而这是你最喜欢的场景，甚至比爱丽儿救出王子那一幕还要喜欢。你大姐总爱对你说，这不是现实中会发生的，但你妈妈说，别听她胡说。

你把妈妈的手握得更紧了。去吧，你妈妈说，去吧，把你的手指从她的手指上掰开。离圣诞节只有几个星期了，圣诞老人的小精灵们会看着你。你迈出一步，然后又一步。这里有一桌桌的玩具，毛茸茸的、软绵绵的、光灿灿的、亮闪闪的，但让你目不转睛的却是那些道具服装：公主裙。它们就挂在你头顶的架子上，发出熠熠的光。有奇妙仙子，翅膀薄如蝉翼；有白雪公主；有《睡美人》里的奥罗拉。还有《美女与野兽》中的贝儿。你从来没有扮过贝儿，但她的裙子却是你见过的最漂亮的东西。它有粉色的泡泡袖，胸前一朵天鹅绒玫瑰；紧身的上衣向下翻涌开来，变成一圈蓬蓬的裙摆，裙子正面用六个粉色的蝴蝶结系在一起。贝儿裙子的颜色是明亮的晶莹剔透的黄色，在柔和的光线下，看起来像是金色。你知道穿着这条裙子跳舞会是什么感觉：那感觉就像被包裹在阳光中。穿着这条裙子，不可能感到悲伤。

---

① 《你世界的一部分》(*Part of Your World*)，其中文版名为《我愿意相信》。

你很悲伤。你只有六岁，但很多时候你都觉得悲伤，胸口有一种无法用语言形容的闷室。你妈妈说你是个敏感的孩子。你爸爸说你有太多姐姐了。他说妈妈把你宠坏了。你妈妈说，嘘，她会一直待在那里，直到你入睡，你很安全，没有什么能伤害你。但你害怕的不是外面，而是里面的什么东西，你无法解释那是什么，但你知道，毫无理由地知道，穿上那条裙子你就能远离它的威胁。

突然间，你的姐姐们一拥而上，一百条胳膊拨来拨去，把衣服从货架上扯下来，放在身上比试，大笑着摆出各种姿势，争论着哪件是谁先看见的，哪件被谁占了。你妈妈在你身边蹲下来，说，看看这个。她给你看一套阿拉丁的衣服，装备齐全，还配着一把塑料弯刀；还有彼得·潘的绿色外衣和带羽毛的帽子。你大姐抓住帽子扣在你头上——看看这个小家伙——每个人都看向你，连店员都是，他们穿着淡紫色和薄荷绿色的马球衫，戴着神气的遮阳帽，咧嘴大笑。你感觉自己的脸刷的一下红了。

*最早的记忆：*你坐在马桶上，想把小鸡鸡推回两腿之间，这让你父亲很沮丧，他让你站起来，教你对准坐便器

里面。这时你妈妈说，别跟他过不去，艾伦。

你太渴望那条贝儿公主裙了，渴望到觉得身体都开始不舒服。你收拾自己的玩具，整理床铺，吃下盘子里的最后一口食物，即使那是西蓝花。西蓝花和小恶魔①有什么区别吗？你爸爸问。小孩不吃西蓝花，你的姐姐们说，西蓝花很恶心，哕……你爸爸戳了戳你的肋骨，假装要打你的肩膀。你蠕动身子闪到一边。你妈妈说，艾伦。

你在脑海中跟圣诞老人进行绝望的交易：如果你能得到那条裙子，你就不会再要求任何东西，永远。包括下次圣诞节，下下次圣诞节。你不在乎：你必须拥有它，请让你拥有它吧，求求了。

圣诞节那天，你大姐姐收到了白雪公主，二姐姐的礼物是奥罗拉，最小的姐姐得到了小叮当。你打开自己的礼物，看到了绿色的毛毡，你感觉自己的身体变成了石头，变成了冰，变成了雕像，和《魔法师的侄子》中波莉和迪戈里在那个被诅咒的大厅里发现的雕像站在一起。你妈妈总在睡前给你和二姐姐读这本书，它让你做噩梦，梦见所

---

① 西蓝花（broccoli）和小恶魔（bogeys）在英语中发音略有相似。

有人都被困在身体里：属于自己的身体，不属于自己的身体，无法控制甚至无法移动的身体，所有人都成了某种邪恶咒语的牺牲品。

你爸爸把你的睡衣从头顶脱下，把你的胳膊拨弄进束腰外衣里，扣上皮带，然后说，看镜头，说茄子！那种感觉更强烈了：你的身体是错的，在它里面你感觉很不对劲。

\*

一些别的事：被迫理头发的时候，你哭了。在大歌剧院看圣诞哑剧，人人都在嘲笑梅·迈克菲特奇，你却感觉燥热、奇怪、羞愧而茫然。在一阵狂热而隐秘的冲动中，你胡乱写下自己的名字，在后面加上"y""ie"和"ina"[1]，试着找出一种办法让它听上去更正确。事后你把纸撕碎冲进厕所里，这样就没人会看见了。

他就是太敏感了，你妈妈说。太他妈的敏感了，你爸爸说。这也难怪，住在这个房子里，就像参加女巫大

---

[1] 在英语中，这些字母多为女性名字的后缀。

聚会。

你爸爸搞到了一场足球比赛的门票,去看在温莎公园举办的世界杯预选赛,北爱尔兰将会参赛。但你二姐姐苦苦哀求,恳求跟他一起去,最后,他叹了口气,同意了。在学校里,你跟其他男孩一样,说自己讨厌女孩。女孩们总是窃窃私语,喊喊喳喳,勾肩搭背,而且总有愚蠢的秘密。但在家里,你坐在姐姐们的地板上,看她们涂指甲,在彼此的眼睛上练习涂眼线液,把不同的鞋子和衣服搭配在一起,并用傻里傻气的声音大声朗读问答专栏。你尽可能把自己缩得小小的,坐在她们的罗兰爱思①床罩的褶边上,因为大多数时间,当她们发现你在那里的时候,尤其当她们在读那些问答专栏的时候,她们会把你赶出去,那样你就不得不孤零零地坐在自己的房间里了。

有时,她们也会把你打扮得漂漂亮亮的,在你身上喷洒白麝香或露莓香水②,然后让你嘟起嘴唇,给你涂上草莓味的唇彩。但随着你年龄渐长,她们这样做的次数越来越少了,你小学毕业后,她们就彻底不做这种事了。

---

① 罗兰爱思,英国女装和室内装饰品牌,以优雅浪漫著称。
② 原文分别为 White Musk 和 Dewberry,皆为 The Body Shop 的经典款香水。

在有些梦里你感觉疼痛，在你无法触及的深处。一天早上，你洗淋浴时发现大腿根有五根卷曲的毛发，你惊恐地数着——仅仅过了一夜，它们不知道是从哪里冒出来的。你爬到浴缸边缘，在那里保持住平衡，盯着镜子里的身体。你腋窝里也有毛发，一边有三根，另一边有两根。你用笨拙、刺痛的手指，用你大姐的镊子把它们拔下来，疼得眼泪汪汪。但接下来的几天和几周时间里，它们重新长出来的速度比你拔掉的速度更快。你的睾丸在晚上发痒，早上站起来的时候感觉沉甸甸的。你年纪仍然很小，但你的生长高峰即将到来——这是你妈妈告诉你的，她认为这是种安慰——但你感觉恐惧。你有一种炙热的、恶心的感觉，觉得时间已经不多了。

你们的房子很少彻底空下来，但在一个星期三的晚上，它突然空了。你的两个姐姐要参加学校的演出，正在进行带妆彩排；另一个姐姐去了朋友家。你爸爸和工作客户一起出去了，你妈妈要去阿尔斯特给一个摔得很严重的邻居送花。她问你想不想跟她一起去，你说不想，当你发现这意味着什么的时候，你的心开始怦怦直跳。你确信你妈妈会注意到什么，意识到什么，会坚持让你一起去。但她只是说，好吧，还有，你自己能行吗？以及，反正你的姐姐们就快回来了。你看着她的车驶出车道，心跳到了喉咙口，你能感觉到它在那里跳动，好像它从你的胸腔里冲了出来，正好堵在气管的位置。

然后你转过身，三步并作两步上了楼，站在姐姐们的房门口，那是老大和老二共用的房间，因为她们只差一岁。她们的房间里充斥着椰子润肤露、雅蝶发胶以及依兰香棒的味道。还有她们涂抹在手腕和脖子上的茉莉精油的味道，她们喷在空气中然后迈进去的倩碧快乐香水的味道。还有头发被 GHD 卷发棒烧焦的味道，以及发霉的内衣底朝天蜷缩在角落里的淡淡气息。

以前你从来没有独自来过这里。你站在门廊上，呼吸着它的气息。有那么一会儿，你甚至闭上了眼睛。紧接着，她们随时可能会回来的念头刺激了你，让你迈入房间。你小心翼翼地穿梭在闪闪发光的露脐装和散落四处的《更多!》杂志中间，穿过一团鼓鼓囊囊的胸罩连同它们的彩色肩带，还有空的哈瑞宝糖包装。她们愤愤不平共用的衣柜敞开着，满满当当，像这个房间一样几乎在跳动，迸发出纯粹的女孩的本质。

你知道自己在寻找什么。你翻遍衣柜，把不堪重负的衣架推到一边，衣服挂得横七竖八，有两三层厚。你在找你大姐去年参加圣诞节预演时穿的那条裙子。它用一种有弹性的金色面料制成，你记得那叫拉梅[①]。金色拉梅：这个词就像一个咒语。裙子的剪裁很简洁，上面是直筒的，有细小的肩带，被称为意大利面肩带。你是从姐姐们和妈妈的种种评头论足中听来的。裙子一直拖到地板，而且她需要穿上特殊的肉色无痕内衣，因为面料太薄了，否则（你的姐姐们笑得前仰后合）她就得不穿内裤才行。从你第一次看到那件衣服起，你就无法停止思考它。它激起了你心中的某些东西。

最终，你找到了，它甚至没放在专门的袋子里，就叠起来搭在一个衣架上，放在一条黑色裤子下面。你的手心现在出汗了，所以在触摸它之前，你先在牛仔裤上蹭了蹭手心，然后从衣架上把它轻轻拽下来，抖了抖。它皱巴巴的，上面有烟头烫过的痕迹，底部还有一块黑乎乎的污渍，是什么东西洒到了上面，但对你来说，它完美无瑕。你把衣柜门完全打开，拿着裙子放在身上比试，注视着衣

---

① 拉梅（Lame），一种金属风格的面料，在二十世纪二十年代最为风靡。

柜里的镜子。在你意识到自己在做什么之前，你已经开始脱衣服了，你脱掉牛仔裤，拉掉连帽衫和T恤，双脚相互踩着脱掉袜子。你穿着三角内裤站了一会，然后把它也拽了下来。

你的身体苍白而佝偻，形影相吊。你是你见过的最丑陋的形象。但是裙子贴在你皮肤上，光滑而凉爽。它直接从你头顶落下，像瀑布一样落到脚边，在你周围的地板上堆积起来。它前面有个豁口，你的乳头露了出来，其中一条肩带从肩膀上滑落。你需要攥起一边的布料，同时用另一只手抓住肩带，才能让它待在身上。但你就在那里：像个公主。

你扬起下巴，肩膀往后压。如果眯起眼睛看，你的头发像是特意剪成那样的。这种发型有个专门的名称，你想不起来了，但女孩子们已经开始故意把头发剪成那样。去年维多利亚·贝克汉姆的婚礼之后，你二姐姐的两个朋友就那样做了。你踮起脚尖，扭过身子去看自己的背，去看身体移动时裙子泛起的波纹。

你突然想起了多年前的那件贝儿公主裙，你意识到，这就是你一直在寻找的记忆，是徘徊在你梦境边缘的东西，突然之间，一切的一切，都产生了一种恐怖而令人迷醉的感觉。

穿着那件裙子，看看镜中的自己。别担心你的姐姐们回来，也不要担心你妈妈：她们差不多还有一个小时才会到家。还有的是时间。停在原地，踮起脚尖，向四处扭动，放松你的肩膀，松开肚子里的结。看看你自己：你看起来多么正确，多么美丽，记住这种感觉，感受这种正确，知道自己是多么美丽。你现在还不知道，但这是一种祝福，是童话故事之外的镜子无法告诉你的未来。在你鼓起勇气透露真相之前，是悲惨而漫长的三年；是你用零花钱偷偷买来藏在姐姐们那里的一管又一管伊曼克脱毛膏；是你用它用得太久、太频繁乃至脸颊灼痛的令人作呕的化工桃子味道；是你粗粝而沙哑的嗓音带来的羞耻感；是脚长得太大、穿不下姐姐们的鞋子时那种绝望。还有欺凌，无休止的殴打，不管你如何小心翼翼不泄露任何痕迹，其他男孩还是能看出你的不同。还有那些哭着入睡的夜晚。还有那个全科医生，他坚持说，在北爱尔兰的任何地方，都没有什么服务能帮到你。

有一天，你将发现一个网站，它会告诉你不一样的东西，把你引向论坛和统计数据，还有你可以打印出来的常见问题:"如何告诉你的父母""如何向你的医生寻求帮助"。但是,即便最终得到塔维斯托克研究所[①]的转诊,仍有无休无止的评估、心理医生、内分泌学家以及乘坐嘎吱作响的地铁往返希思罗机场的旅程。

而且,残酷的是,最糟糕的将是你得到准许的那一天:你妈妈试着说话,但第一次发现无话可说;你爸爸试图拥抱你,告诉你无论发生什么,无论你如何决定,他都爱你。他的眼睛看向一边,他的嗓音沉重而模糊;你的姐姐们睁大眼睛,窃窃私语,互相朝对方瞥了一眼。

但是,记住你穿金色长裙的样子,你在衣柜前的形象,把它记在脑海里:因为你将会需要它;因为它将成长为一个护身符;因为无论代价如何,无论需要多长时间,你都会挺过来的。

---

① 塔维斯托克研究所(The Tavistock Institute),全称为塔维斯托克人类关系研究所,英国著名心理学机构,对精神分析发展有过非常重要的贡献。

**我们在这里了**

夏天是一场冲洗。每天，天国洞开，雨浇落下来。不是通常那种夏日阵雨，带着轻佻、颤动的雨滴，而是猛烈、沉闷、持久的雨；真正的"阴惨天气"①。天空低沉灰暗，地面已成泽国，空气阴冷而潮湿，狂风大作。

我们不在乎。这是我们生命中最好的夏天。

晚上我们去刀具码头餐厅，因为在那里不会遇见认识的人。那里的客人年纪较长，高级管理人员和秘书，一些女王大学的学生。通常我们坐在室内，但有天晚上，云开雾散，雨停下来，我们带着饮料去了露台。河岸边的桌椅又湿又冷，但我们铺了塑料袋，坐在上面。天不算暖和，却有一种坐在万里长空之下的感觉，那是北方夜晚淡淡的天光，还有从海湾吹入拉甘河的风，带着盐分的新鲜气息。

那晚离开刀具码头餐厅后，我们开始步行。我们沿着拉甘河一路穿过圣地：巴勒斯坦街，耶路撒冷街，大马士革街，开罗街。我们跨过河，走完鲍鱼堤岸的整条弯曲步道。潮水正在转向，一艘双人皮划艇顺流而下，蓝灰色上泛出点点银光。

我们走至道路与河流分道扬镳的地方，淡淡的余晖仍流连不散，于是我们继续走，穿过拉文希尔路，途经多伦多街、伦敦街、伦敦路、罗斯伯里路和威洛菲尔德路，穿过伍德斯托克路，不停不停往东走，直到进入范·莫里森的地盘：亨德福街和阿贝塔广场，大广场、北路、奥兰治菲尔德。

在生命中，有很多次，或者也许只有一次，你发现自己身在正确的地方，你唯一可能存在的那个地方，和那个唯一的人在一起。

她也有这种感觉，她转向我。"这些街道是属于我们的。"她说。

"是的，"我说，"是的，它们是属于我们的。"那时，街道是属于我们的，整座城市都是属于我们的。

---

① 原文为 dreich days，dreich 为古苏格兰语，意为英国特有的沉闷、阴霾和灰暗天气。

\*

就像有些女孩一样,她是我们学校的名人。她是有名的乐手,总在学校音乐会、颁奖日以及诸如王室远亲为新体育馆揭幕等类似场合表演独奏。某年的才艺竞赛中,她演奏萨克斯风,另一个女孩演唱《迷雾》①。她们没有获胜,一些高中生精心编排了他们自己版本的《风尚》②,获得了更多选票,但她们是那种能让你记住的表演。她穿一身白色套装,戴着太阳眼镜,但原因不在这里:原因在于她俯身于乐器左右摇摆的样子,仿佛那是世界上最私密的时刻。

几周之后,她母亲被撞死了。她在外面慢跑,一车兜风的少年失去了控制,车身猛冲到路肩上。他们没有停下来:如果他们停下来,或者至少停下来叫辆救护车,她或许就能活下来。结果,她死于大量内出血,死在樱桃谷一条绿树成荫的路上,离自己家只有不到一百米。她丈夫是当地议员,所以这件事成了头条新闻:娇小的金发慢跑者

---

① 《迷雾》(Misty),美国爵士乐经典歌曲。
② 《风尚》(Vogue),美国歌星麦当娜1990年推出的流行单曲。

和少年犯。

她们整个班都去参加了葬礼，乐团里的老团员也去了。我当时刚上二年级，从来没有跟她说过话，只在传过来的卡片上签了字。她几个星期没来训练，有传言说，她已经永远放弃了音乐。你能在走廊看见她，苍白而瘦削的脸，眼睛下面有紫色的淤青。

然后，有一天，她又出现在那里，坐在老位置上，组装她的单簧管。或许老师看到她很惊讶，或许很高兴，但他没有表现出来，我们其他人也假装若无其事。

在乐团训练中，她不时冲我微笑，但我知道她其实不认识我。首先，我比她低两个年级，其次她不可能知道我的名字，因为音乐老师把我们三个长笛都称为"长笛"。她笑是因为老师经常犯一些愚蠢的错误，让我们从错误的地方开始，或者把节拍弄错，当他手忙脚乱、苦苦哀求并努力组织大家重新开始的时候，尖叫、沉闷、迟钝的队伍里就会出现夸张的混乱。人们对他很残忍，有时甚至当着他的面也如此。但她从来不会：她只是微笑，而由于乐谱架摆放的方式，我刚好就在那个微笑的方向。

我常喃喃自语她的名字。安吉。安吉拉·比蒂。

还有什么？她自己剪头发——至少人们是这么说的，

看起来好像的确如此，只是稍作修剪，但那种乱糟糟的发式让人很难分辨。她父亲是重生派基督徒，他所属的浸信会夏天会去乌干达挖水井或者去塞拉利昂建学校。当我们学校和西贝尔法斯特的另一所学校在圣安妮大教堂联合演出的时候，她父亲不允许她参加，因为那是个周日，尽管演出是在教堂里，尽管那是为了和平。

那时我对她的了解是那么少。

四年级的夏季学期，人人开始抽烟，或假装抽烟。每年的那个时候，学校都怪异而空旷，高六和高五的学生在放学习假，低六的学生升为学长，正在享受午饭时间可以出学校的新特权。于是校园成了我们的殖民地。我们手拉着手，在浓密的醉鱼草的掩护下溜进体育馆后面的小巷里，夸口说自己烟瘾犯了，不在乎会不会被抓住。

事情败露那天，下雨了，所以我们毫无防备，但一眨眼她们就出现了，沿着巷子走过来，一头一个。我手里拿着一根抽了一半的烟，呆立在原地，顾不上所有人都在嘶吼要我把烟扔掉。

向我走过来的学姐是安吉。

那些拿着烟或打火机的人手忙脚乱地把东西藏起来，

还有人撕开条装口香糖，或者拉起围巾挡住脸，我能感觉到那阵慌乱，但只是模模糊糊的，仿佛那一切都发生在很远的地方。

安吉在几米外停下来。我的手在颤抖。"哦，天啊。"我听到有人说，还有"你在干什么？"以及"看在他妈的分儿，把烟灭了吧"。但我似乎无法动弹。

安吉看着我。从她眼里的表情看，她几乎是被逗乐了。然后，不顾其他人紧张的傻笑和小声的抗议，她上前一步，伸手去拿烟。当她从我手里把烟拿走的时候，手指擦到了我的手指。她拿了一会儿烟，然后扔在地上，用脚后跟蹍碎。她全程都看着我的眼睛。我感觉热浪涌上脸颊。"你不抽烟的。"她说，然后说出了我的名字。

我大为震惊，仿佛我自己的嘴唇都被震动了。没想到她知道：她知道我是谁。她用那种镇定的、带着几分好笑和半嘲讽的眼神凝视了我一会儿，然后对另一个学姐说："走吧。"第二个女孩侧身挤过去，然后她们沿着安吉来时的路往回走。

"姑娘们，这可一点都不酷，"她喊道，没有回头，"你们觉得酷，但并不是。"

一直到她们转过拐角，都是一片沉默。然后人群爆发了："他妈的""哦我的天啊""你觉得她会打我们的报告吗"还有"这样我就死定了""她人怎么样"。随后他们说："你发现了吗？她对你有意思。"这在我们学校是典型的羞辱之辞，但莫名其妙地，我感觉自己整个身体都在咕噜咕噜冒泡，感觉这些词句穿过我的身体，一直抵达意想不到的部位，我指甲下面和膝盖后面的皮肤都在收紧。

"别傻了。"我调整自己的嗓音说，我推推搡搡地往回走，"是因为音乐，再抽下去我的肺就要坏了。我真得考虑戒烟了。"因为我们一直都在讨论戒烟的事，所以话题变了，这让我摆脱了困境，至少是在那个时候。

在那个学期剩下的时间里，我一直纠结，不知道是否应该停止午餐时跟烟鬼们混在一起，还是继续这样做，免得她再来。最后我采取了折中的方案，像往常一样去体育馆后面，但不再抽烟，这样，如果她问起来，我就可以坦然地说，我再也没抽过。

午餐时间可能见到她的那十分钟变成了我一天天的中心。随着午餐时间的临近，我能感觉到它在我心里渐次堆积，感觉心开始颤动，手一直冒汗。但是，她再也没有突袭检查过巷子。我也不可能在别的地方见到她：夏季学期的最后几周，乐团训练停止了：大会堂被用来考试，毕竟有太多学生在休学习假。六年级的侧楼，还有他们的休息室和自习室，对四年级学生来说都是禁区。

我曾在走廊里跟她擦肩而过，但她正跟另一个女孩聊得火热，没有注意到我。学期最后一天，我看到她和另一群人钻进一辆车，沿着车道加速离去，只有这些了。

接下来的暑假格外漫长。我父亲是建筑工人，几个月前摔伤了后背，一直无法工作，所以手头很紧：连去多尼戈尔过周末或去巴利卡斯尔一日游的计划都实现不了。与此同时，这座城市也变得死气沉沉，我被禁止去市中心——离家几条街的距离都不行。住在附近的朋友都不在；我年龄太大，已经不适合骑着车在街上晃荡，或者像我小妹妹那样玩跳绳游戏。

"为什么不练练你的长笛呢？"当我在厨房里没完没了地溜达时，我母亲会这样问我。通常我只会翻个白眼，但随着时间的推移，我发现自己在做这件事了。我不想对自己承认这是因为安吉拉·比蒂，但我练习的时候总是忍不住想起她。初学长笛的时候，人们告诉你，要想象你正在亲吻它。现在，每当我把嘴巴放到唇板上的时候，我都会想起她。我会想起她的嘴巴，唇部的曲线。我会想起乐团练习开始时我注视她的那些时刻，她如何弄湿单簧管的簧片，把它扭到正确的位置，测试，调整，绕着吹口反复卷曲自己的嘴唇。我任由自己的思绪展开，很快也会想到其他一些事情，那些与其说是思想不如说是感知的事情，那些我不敢付诸言语的事情，那些事后会让我发烫、窒息，甚至让我感觉羞愧的事情。

那年夏天我对长笛变得很拿手。再度开学的时候，音乐老师也注意到了这一点。他试听之后把我留下来，找了些乐谱让我学习，为圣诞音乐会做准备。然后他说他有一个更好的主意，他在桌子里搜寻一番，找出更多乐谱。那是一首长笛和钢琴奏鸣曲，他说，我们缺少二重奏。安吉拉·比蒂可以跟我协奏。

"她可能不愿意。"我说。

"乱说。"他说。

我不太记得我们头几次午间练习的情况了。每一次，在真正开始之前，它都仿佛步步逼近，在我脑海中膨胀，让我几乎无法忍受，然后，当真正发生时，它又转瞬即逝。一开始我几乎不敢看安吉的眼睛：我对她的思念，对她的幻想，还有更多东西，其程度之深令人羞耻。但那首曲子很难——至少对我来说很难，这也让她跟我协奏的工作变得很难，这意味着没有时间可以浪费；我们需要直接投入工作。第一周过后，我发现我可以抛开那个奇夏迷梦的记忆了，至少跟她真正在一起的时候可以。但有时在深夜，我会被一种疼痛瞬间吞噬，它如此巨大，我的身体似乎无法容纳。

一天晚上，我们放学后一直练到很晚，然后，毫无预兆地，她邀请我去她家吃晚饭。我假装若无其事地答应了，但心开始乱跳。我想象过她们家很多次，她生活在里面的那些房间；我经常幻想她邀请我进去的场景。我用学校前厅的付费电话给我妈妈打了电话，然后我们一起走回去，走过学校蜿蜒的车道，穿过街上七叶树和无花果树飘落的叶子，摇晃着我们的乐器箱。空气中弥漫着雾气，当我们转下主干道的时候，附近公园的篝火传来林烟的味道。

樱桃谷的街道宽阔而安静，被浓密的枝叶覆盖，道路两旁是高大舒展的酸橙树。跟我家的街道相比，这里是完全不同的世界，整洁的砖砌平台，一块块像玩具一样的方形草坪，以前，我很喜欢邻居花园里的小矮人和迷你瀑布，总是向同学炫耀，现在我才意识到那根本没什么值得骄傲的。樱桃谷似乎完全属于另外一个地方——不同的地方，或不同的时间。

"这里很漂亮。"我说。

她瞥了我一眼。"你觉得漂亮吗？"她的表情中有一些我无法读懂的东西，然后我想起来了——当然，太晚了——她母亲是在这里去世的，可能就是这条街，或者我们刚刚走过的那一条。随后，街道给人的感觉不再是宁静，而是变成了不祥，变幻莫测的树影、斑驳缠绕的枝桠。

我慌忙说："我是说，这些街道的名字太可爱了。"

她没有回答，我想说些别的以表达我的歉意，表示我都懂。但是，当然了，我根本不懂。

我们继续默默前行。我想知道她为什么请我回家，还有她是不是已经后悔了。

比蒂家四处透风，光线昏暗。安吉穿过房间，打开灯，然后拉上窗帘。我想到了我们家，总是开着收音机或电视，或者两者同时打开，我妈妈忙着做饭，猫总在脚下。

安吉让我像个客人一样坐在厨房餐桌旁,把我的西装外套挂在衣帽间,给我泡了一杯酸橙甘露,然后开始匆匆忙忙准备晚餐。她打开烤箱,从冰箱里拿出基辅炸鸡,在烤盘里铺上锡纸,烧水煮上土豆,用沙拉脱水器洗好生菜并切成丝。我意识到,我从来没有想象过她的家庭生活是如何运转的。我对这个安吉感到害羞——我感受到了横亘在我们之间两年的距离,还有其他的一切。

比蒂先生回来了,他看起来完全不像以前你看到的那个在电视上大吼大叫或者在路灯柱上向下凝视的人。他又高又瘦,看起来很疲惫;他有些驼背,头发该剪了。他握了握我的手,我发现自己竟然脱口说:"我爸爸给你投过票。"我在撒谎:我爸爸从来都懒得投票,而我妈妈,不顾爸爸的嘲笑,只投给妇女联盟[①]。

我感觉安吉在看我,感觉脖子和脸火辣辣的。"真是个好人,"比蒂先生说,"每张选票都很重要。我们正在经历历史性的时刻。"

"而历史会对我们进行审判。"我听见自己说,不知道

---

① 妇女联盟(Women's Coalition),全称为北爱尔兰妇女联盟,是北爱尔兰一个小型跨社区政党,2006年解散。

这句话来自哪里。可能是汽车收音机，那个我妈妈总是开了关、关了开的谈话节目。比蒂先生眨了眨眼睛，安吉突然大笑起来。

"的确如此，"他说，"的确如此。"

"他喜欢你，"比蒂先生离开房间后，安吉说，"他真的很喜欢你。"

我不确定他喜欢我什么，但在我说话之前，她说："如果他谈起教堂，别说你不去。"

"没问题，"我说，"为什么呢？"

"噢，"她说，"会引起不必要的麻烦。"

一切准备就绪，我们三个人在餐桌旁坐下，比蒂先生低下头，双手合十，吟诵了一段长长的祷词。中途我看了看安吉，她也低着头，双眼紧闭。我小心翼翼地跟他们齐声说出"阿门"。

吃饭的时候，比蒂先生问了一些有关学校和音乐的问题。安吉经常在我还没有来得及回答之前就跳出来作答，我不知道这究竟是为了我好，还是出于对她父亲的考虑。当他问我去哪个教堂时，安吉说："圣马克教堂，对不对？"

"邓迪拉的圣马克教堂。"比蒂先生说。

"没错。"安吉说。

"就是那个。"我说。圣马克教堂是我们学校举行圣诞颂歌仪式的地方，也是我们家一年当中唯一会踏入的教堂，仅仅因为我是合唱团的成员。

"很好，很好。"比蒂先生说，我让自己承受住他的凝视。所有那些胡言乱语都是骗人的鬼话，我父亲喜欢这样说。有一次，耶和华见证会的一些信徒敲响我家的前门，问他是否发现了耶稣，我父亲拍了拍自己的额头，说："我的确发现了，就在沙发后面，你们信吗？"我和我妹妹都觉得那是史上最好笑的事。

"邓迪拉的圣马克。"比蒂先生又说。我开始慌了，努力回想关于这个教堂的任何事情。但他没再问下去。"C.S.刘易斯的教堂。"他只说了这一句，我笑了笑表示同意。

这顿饭似乎没有尽头。关于圣马克的谎言让我感觉自己像个骗子，但不止于此：整个局面都让我如坐针毡。安吉比我见过的任何时候都紧张。事实上，我不记得什么时候见她紧张过，她对付吸烟的人时不紧张，甚至独奏开始之前也不紧张。我一定把一切都搞砸了，我想。我还有一种可怕的感觉，就是比蒂先生能看穿我，或者更糟糕，他能看到我心里去，看到我对他女儿的一些想法。

甜点是一个巧克力软糖蛋糕，从玛莎百货买的，厚实铮亮，上面铺着许多巧克力碎屑。

"爸爸喜欢吃甜食，是不是，爸爸？"安吉说。她给他切了一块蛋糕，他们冲着对方咧嘴笑了笑。"我们过去经常拿巧克力蛋糕当晚饭，对不对？"她说，"或者芝士蛋糕。"

"草莓芝士蛋糕。"比蒂先生说。

"我们认为，"她冲着我说，"因为它里面有奶酪，所以其实是很有营养的。"

"一块能抵一顿饭。"比蒂先生说。

"蛋白质、脂肪、碳水化合物和水果。"她说，又转回身对着他。

"十分均衡的一盘。"他说，然后他们又露出那种笑容，亲密，亲密无间。

晚餐终于结束了，比蒂先生说："好吧，说了这么多关于二重奏的事，你们必须给我演奏一曲。"

安吉没看我，说："下次吧，爸爸，我们俩今天都累坏了。"我知道她是觉得我丢脸。我感觉泪水涌上眼眶，站起来说想去一下洗手间。我在里面待了尽可能长的时间，反复给手涂上香皂又冲洗掉，擦干每个手指。我决定了，我要说自己有家庭作业。我要说我妈妈不喜欢我天黑后出门。这两件事都是真的，我对自己说。

我告诉安吉我得走了，她看着我，然后移开目光。"哦，"她说，"好吧。"

比蒂先生从衣帽间里拿来我的外套，说要把我送到门口。"很高兴看到安吉带朋友回家，"他说，"我期待哪天能听到你们的二重奏。"

回家时，我一路上都感到一种陌生、激烈的悲痛，好像我失去了什么东西——一种可能性，一种不会再出现的可能性。

此后，不管有没有音乐会，我都躲着她。午餐时我跟吸烟的人在一起，一边盼着她来找我，一边又害怕那样。周四和周五过去了，我没有见到她。一个糟糕的周末，然后是周一和周二，到了周二下午，我知道我必须翘掉乐团排练了。周三，上课的时候，她来到我们上法语的流动教室，对老师说她需要跟我说几句话。她是学姐，而且大家都知道我们同是乐团的，所以老师没有任何疑问就同意了。

见到她时，震惊、慰藉和羞愧一同穿透我的身体，当我站起来时，不得不扶了一会儿桌子。我跟着她走出教室，走下台阶，绕到流动教室的另一侧，我似乎已经无法呼吸了。"你打算维持这种状态多久？"她说。

"我不知道。"我说。我能看到脉搏在她颈部柔软的地方跳动，我内心深处有一个可怕、叛逆的部分，想要伸出手去触摸它。

"安吉。"我说，想要在脑子里旋转的所有东西当中找出合适的话。

在我们四周，树木和鲜亮的、咄咄逼人的灌木都在雨中沙沙作响。我全身的血液都在震颤。

"看着我。"她说，然后，当我终于看向她时，她靠上来吻了我。很短暂，勉强算得上一个吻，她的双唇只是擦过我的双唇。然后她后退一步，我也后退一步，跌跌撞撞碰到了流动教室粗糙的墙壁。她迅速伸出一只手来扶稳我，然后停住了。

"哦，上帝啊，我错了吗？"她说，"我没搞错，对吧？"

两周之后，这次是在我家，一个周六的晚上，我父母在参加晚餐聚会,我妹妹去别人家过夜了。在客厅的电炉前,我们互相解开衬衫和胸罩的搭扣,然后是牛仔裤和内裤:拉开拉链,扭动身体,挣脱出来,然后从身上除去。我们不停傻笑——我们在父母的客厅里四处游荡,一丝不挂,只穿着袜子。

"我们在这里了。"她说,当我们面对面的时候,我起了一身鸡皮疙瘩。

"你冷吗?"她说,但是我不冷。不是因为冷,根本不是。

之后,我们把垫子从沙发上拉下来,并肩躺在地板上。过了一会儿,我们真的开始发抖了,哪怕电炉开到了最大。但我们都没有伸手去拿衣服,衣服散落一地,就像无用的、荒谬的皮囊。

"我们就像塞尔克人[①],"她说,"就像鲁萨尔卡[②]——你知道那个歌剧吗?"我说我不知道,她站起来,摆了个

---

[①] 塞尔克人(Selkie),又被称为海豹人,传说居住于苏格兰奥克尼郡和舍尔特兰岛附近海域中的海豹人,外形与人并无二致,但体外长着一层光滑的海豹皮,可以自由地游泳。

[②] 鲁萨尔卡(Rusalka),斯拉夫神话中的一种女性鬼魂、水怪、女妖。根据大多数传说,鲁萨尔卡是住在河底的女人鱼,半夜时分会走上河岸的草地跳舞,一旦看到英俊的男子,就会用歌声和舞蹈吸引他们,将他们迷惑后带到河底杀死。

姿势，对着月亮唱起了歌，后来她告诉我那是水仙女的歌。我跳起来鼓掌，然后我们又开始傻笑，荒谬的快乐气泡。

"我们在这里了。"她又说了一遍。我也说："我们在这里了。"然后这句话成了我们的格言，我们的速写。我们在这里了。

\*

所有的爱情故事都是同一个故事：那一刻一切出现，一切上演，那一刻我们成为我们。

我们是度过圣诞节的我们，然后是进入春天的我们。一切如此简单：音乐曾经是原因，现在它成了借口。每天午饭时间，有时放学后，我们都会使用某间练习室，没有人对此提出质疑。有时我们会演奏，或者她演奏，我听，或者我们一起听音乐，有时我们只是吃三明治聊天。放学后我会去她家，虽然我在那里一直感觉不是很自在，我更喜欢一起开她的车去兜风，开上克雷根特山，或者沿着海岸去霍利伍德。我和我的朋友们渐行渐远，她和她的朋友们也是，但音乐练习掩盖了一切。

然后我们拥有了夏天，我们比以往任何时候都更自由，完全的自由，我肆无忌惮地对父母撒谎，说我要去哪里，跟谁在一起，轮流利用一个个老朋友做借口，而他们谁都没有发现，我猜比蒂先生也是如此。

我不愿想剩下的事情：他最终跟我们对峙的那个晚上。他直接走进来，撞上了我们。我不想给接下来的厌恶或反感、愤怒和恐慌留下任何空间，还有眼泪，我们的眼泪，我们疯狂地道歉，而那时我们本该反抗，因为说到底，我们有什么可道歉的，我们又欠谁一个道歉呢？

"我必须道歉，"她不停地说，"他只有我了。道歉不会改变任何事情。但我必须道歉。"

\*

那年冬天，我在英语课上学了济慈。我写了一整篇关于《圣亚尼节前夜》最后一节的论文，有六七页纸："他们永远去了，在很久以前／这对恋人逃入了暴风雪中。"在倒数第二节中，这对恋人如幻影一般潜入宽大冰冷的大厅和铁铸的门廊，司阍醉醺醺地躺在那里。他的猎犬醒过来,摇晃那张松弛的脸,但没有吠叫。门闩一个个抽开,铁链静悄悄的,钥匙终于转动了,然后,就在他们认为自己已经成功的时候,门的铰链嘎吱一声。你认为一切都结束了,但你又接着读下去,意识到他们已经溜走了,从你手中、从你眼前溜走了,一个奇迹,一个魔术,通往另一个时间、另一个地点的虫洞,根本无人可以追寻他们的踪迹。

下课后老师把我留下了。她不相信是我写的,至少不是独立完成的。我打开我的活页夹,给她看我的笔记。一页又一页,都是我潦草的、自我意识过剩的笔迹。我写道,结尾匡正了焦点,没有把我们留在过度安逸的光辉中,而是提醒我们宗教人物的年迈/衰退/冷漠。我略去了这部分:我的论文以恋人的逃亡结束。我们讨论了真正的结局,济慈的结局,我们还谈到了他结尾部分的手稿,其中一些被印在廉价的华兹华斯版的脚注中。

"你真的思考过这个问题,"她说,"你真的用心感受过。"我哭了起来。"哦,亲爱的。"老师说,从抽屉的塑料袋里给我找了一张纸巾,然后她绕到桌子这边,坐到桌子前面,问我有没有什么想谈的。我摇了摇头,伸手去拿我的论文,我想知道她了解多少,或者猜到了多少,我的全部体液之中充满了耻辱。

*

我只在网上查过她一次，就在几个月前，是一时冲动，贝尔法斯特的婚姻平权游行刺激了我。我立刻感觉太容易了，太多了。她没有成为独奏音乐家，甚至也没有成为乐团音乐家，但她是一名音乐老师——而且她结婚了；她和丈夫一起在埃尔郡经营一家小型音乐学校。网页上有他们两人的照片，上集体课，指挥合奏，和最近一期木管暑期学校的学生站在一起。她依然瘦得像只惠比特犬，没有化妆，蓬乱的发型。他看起来比她年轻：马丁靴，紧身牛仔裤，飞机头，戴单只耳环。我从一张照片点击到另一张，不知道自己为何如此惊诧。毕竟，我也订婚了。订婚了，幸福地订婚了，马上就要买下一套公寓。我只是从来没想到这一切会发生在她身上。

我想起一件往事：那是在鲁比星期二餐厅，也叫"另一个地方"，是贝尔法斯特南部一家面向学生群体的咖啡馆，在那里你可以坐下来，买一杯手冲咖啡，然后将就着待一整晚。那时我们已经说过我爱你了——也许是第一次说,或者才刚刚说过。我们为此、为我们而感到庞大、重要、眩晕。我感觉我的血液在歌唱——我身上迸发出火花——我碰触到的所有东西都在发光。

在那几周,我可以做任何事。我可以跑马拉松,或者游完整条拉甘河,或者从高空吊索上跳下来飞翔。然而,我很快乐,仅仅是坐在咖啡馆里聊天也比我想象得更加快乐。我们坐在那家咖啡馆里,什么都谈,什么都不谈,说了又说,我们那时就是我们。我记得那一切;我无法摆脱那一切。那个房间和里面的一切:已经磨损的木质卡座,斑驳的复合板桌子,超大尺寸的菜单,邻桌穿金属乐队T恤和范斯球鞋的胖男孩,马路对面有一群女孩,仍然穿着校服,女服务员端着一盘巧克力泡芙,还有窗户上的雨点,黄色的灯光——那似乎是一个舞台布景,等着我们去过完一生,而我们终于在这里了。

女服务员来到桌子旁,往我们的马克杯里倒了更多咖啡。"姑娘们,还有什么需要我做的吗?""不用了,谢谢。"我们异口同声地说,然后爆发出一阵大笑,不是笑任何事,又为一切事而笑。在所有的女服务员看来,在所有人看来,我们只是两个学生,两个好朋友,正在喝一杯普通的咖啡。

"我想告诉她,"我说,"我想站起来告诉每一个人。"有那么一瞬间,事情似乎真的那么简单:这就是那个秘密。"我不希望我们躲躲藏藏,"我接着说,"我想告诉所有人:我父母,你爸爸,每一个人。我想拿着扩音器站在市政厅前,冲着整个贝尔法斯特喊出这件事。"

突然,我们两个都收敛笑容。

"我希望我们能做到。"她说。

我们都沉默了一会儿。

"等你们长大一些,"我自言自语道,"可以跟一对男同志搭伴,四个人可以一起出去,人们会认为,正确地认为,你们是在四人约会。只不过伴侣关系不是他们想的那样。"

我为这个想法感到高兴,但她仍然没有笑。"隐藏在大庭广众之下。"她说。

"你们可以住在一起,"我继续自言自语,"一起住在一个大房子里,这样你们的父母就不会怀疑了。如果有必要,你们甚至可以结婚。"说到这里,我又开始笑了。

"不。"她说,她很严肃,不只是严肃——堪称庄重。她伸出手,用一根手指碰了碰我的手腕,我所有的血液便朝她涌去。"我们不需要,"她说,"到那时我们就自由了。"

那天晚上，我在梦中再次走过东贝尔法斯特的街道。醒来后，这个梦似乎比单纯的梦萦绕了更长的时间。这些街道是我们的。我一整天都心神不宁，一种不安、恶心、过度兴奋的感觉。我可以给她发邮件，我想，通过那个网站。我会省略寒暄或前奏，我会直接问："我们在这里了。你还记得吗？"

# 追逐

我迈上门廊,身后拖着箱子。

"打开里面的门之前,先关上外面那道门,记住了,"妈妈说,"植物不喜欢冷风。"然后她绕到后面去停车。我用屁股撞上前门。植物看起来比以前更多了。多肉、天竺葵、荷兰铁。吊篮里的波士顿蕨放射出纤匐枝,生出一簇簇的小宝宝,拼命想要够到地板上去。我设法让自己和行李穿过盆栽,努力不撞上任何一样东西,然后打开了通往门厅的内门。

房子闻起来洁净而安宁。为了迎接我的到来,妈妈用波尔蒂熨斗熨了窗帘,为镶木地板抛了光。我站在那里,环视四周。松果盛在专属的碗里,放在壁炉上,到了十二月,就会换成她亲手喷绘的金色松果。我和我妹妹的剪影,是多年前巴黎的一位街头艺术家用糖纸剪的,被小心翼翼地运输、装裱和镶框。

我听到妈妈从后门走进来,放下钥匙和手提包,脱下鞋子和大衣。我还没有脱鞋。出于某种原因,我似乎无法动弹。"家里看起来很漂亮,"我大声说,"非常干净。"我的声音听起来很响,很勉强。

"没错,"妈妈说,沿着走廊走过来,"我们把你的东西拿到楼上去吧。"

"好极了。"我说。

要调动每件行李转过迂回的楼梯,两个人比一个人更困难,妈妈在一头,我在另一头,沿着楼梯平台一步一顿。我原来房间里的地毯也用蒸汽清洗过了,窗台上的花瓶里放着黄色和粉色的康乃馨。

"你终于回来了。"妈妈说。

"看起来很漂亮。"我又说了一遍。

"我去烧水,"妈妈说,"你准备好了就下来吧。"

我突然对那些冗长的、支支吾吾的、语无伦次的电话聊天感到羞耻。我们不会再提那些事了:我明白这一点。

衣柜里没有足够的空间挂我的东西。爸爸已经开始往里面放他的冬季大衣和体积较大的西装,剩下的空间则被我的记事本和文件夹所占据，它们一直可以追溯到中学时期。我不知道为什么一直保留着它们。魏玛共和国，梅特涅，俄国革命。我曾经知道这么多事。现在看来这几乎是不可能的。早期的文件上胡乱涂写着"治疗？"[1]还有"平等主义合唱团"[2]的标语，那是我从临时保姆那里抄来的乐队，假装很喜欢。

我还在翻看那些文件，妈妈朝楼上喊来，说她要去学校接莫丽，然后带她去上音乐课。她说我的茶放在厨房餐台上，我可以放进微波炉里再加热三十秒。我听见后门关上的声音，汽车启动并在车道上倒车，在门口停了一下，然后离开了。我已经忘了郊区寂静的感觉，中央暖气启动的喀嚓声，楼道里的钟每十五分钟敲响一次。

我站起身，走下楼去。茶的温度连微温都算不上。我把它倒进水槽，把杯子冲洗干净，然后倒扣在沥水架上。水槽边的窗户正对着邻居的新栅栏，六英尺高，黄色的木头看起来还很粗糙。还有我父母的垃圾桶大军：蓝色的放可回收物，棕色的放可降解物，黑色的用来放所有其他垃圾。

---

[1] 治疗？(Therapy？)，北爱尔兰摇滚乐队，成立于1989年。
[2] 平等主义合唱团（The Levellers），英国民谣摇滚乐队，成立于1988年。

怀着一阵解脱的冲动,我决定处理掉一些旧东西。我在杂物间找到一卷厚垃圾袋,又回到楼上。但我把垃圾袋装得太满:刚想提起来,底就破了,文件稀里哗啦掉了出来。我突然觉得很累,就把所有东西又塞回原处。我把我的衣服捆起来放进抽屉里,不适合放在抽屉的,就继续放回行李箱,推到床底下。然后我躺在床上,让自己领会那件我已经知道的事,那件我几乎一踏进家门就已经明白的事。

回来并不是答案。

莫丽正跟妈妈一起为她的 GCSE[①] 艺术项目制作一个生态箱。她们在阁楼上找出了七十年代放在妈妈公寓里的那个巨大的玻璃瓶,在里面放上了一种她们在网上买的叫做空气凤梨的植物,那是一种不需要土壤,甚至也不需要很多水分的气生植物。莫丽还在尝试用灯泡制作一个个微型生态箱。她用钳子把金属尖拧断,把灯丝拉出来,然后在每个灯泡里放上一茶匙沙子和几缕脱水的苔藓,最后用镊子把小空气凤梨塞进去。她打算在灯泡周围系上隐形的

---

① 全称为 General Certificate of Secondary Education,指英格兰、威尔士和北爱尔兰的普通中等教育毕业证书。

线，把它们一串串挂在天花板的挂钩上。她的项目的主题是"自成一体"。

她给了我一个早些时候的灯泡。生态箱有各种各样的规则，比如盆景树和盆景花的排列，而她乐在其中。在给我的这个灯泡里，除了沙子、苔藓和一簇蕨类植物外，她还放了一个乐高小人和一些小小的彩色乐高块，这样看起来，那个乐高小人就像正在丛林中建造自己的房子。她觉得相对于她的最终成果而言，这个灯泡太傻了，但要在不损坏灯泡的前提下拆掉它是不可能的。我把它挂在我卧室的纸灯罩上，它扭动着，摇摆着，一个脆弱的新世界气泡，被它那巨大的、不可侵犯的太阳或月亮控制着。

回家后我变得很茫然。几天过去了，我仍然感觉自己一片模糊。我养成了一个习惯，读小时候喜欢的那些书，但只读第一章或前几页，然后就发现自己再也读不下去了。或者我会花很长时间选择要读哪一本，整个下午都在阁楼上翻箱倒柜，却始终无法集中精力开始阅读。

我们还没有讨论我回来待多久，也没有讨论我接下来干什么。"你需要暂停一阵子。"我的父母一直这样说。但我们都没说过，至少没有大声说出来，暂停可能意味着什么东西坏掉了。这是一次很好的暂停，一次休养，一次复原。谁知道呢，也许我会决定留下来，我母亲只小心翼翼地说过一次，而且故意用一种漫不经心的方式。这里的事情真的重新开始了。贝尔蒙路和巴利哈克摩尔有了新的名字，叫"上东区"，那里有许多新的咖啡店、小酒馆和商店。有一天早上——可能是回来后的第二周或第三周——妈妈发现我拿着一盘旧磁带在哭，里面收录的是我们小时候最喜欢的歌。

"好吧。"她说，然后把我塞进车里，带我们去了城里的布拉德伯里美术用品店，花一小笔钱给我买了新的画布和油彩，还有一本可撕调色盘。"你瞧，"她说，"是不是很棒？你不用花几个小时把旧颜料刮掉了，直接扔了，再撕下一页新的就可以了。这不是很好吗？"店员跟我差不多年纪，显然正在读艺术学校，她的头发极短，挑染成粉色。我没有看她的眼睛。

那天晚上，爸爸从车库里翻出闲置的画板架，为我支在餐厅里，下面垫了几张报纸。在杂物间的水池旁边，他们摆了一排果酱瓶用来放画笔，还有一桶石油溶剂油。他们在非常努力地尝试。

"谢谢你们，"我说，"大家都太好了。谢谢。"

"你只要记得别把颜料和溶剂油倒进水池就行，"妈妈说，"好吗？"

"我那时才十四岁。"我说。

有那么一两天，我尝试了，或者假装去尝试。我按照教科书的方式给画布打底，第一层底料干了之后先用砂纸打磨，然后再打第二层，再接下来是第三层。我把它放到万向灯下，从各个角度检查是否有结块、凸起或粗糙的地方，最后发现它是完美的。

然后我决定涂上彩色的底色，我在调色板上挤出三条毛毛虫大小的黄赭石颜料和一条钛白色颜料。那是我们在A级考试时学到的传统作画方式。唐娜丽女士曾说，用白色调和的黄赭石色是初学者的最佳选择，因为它比你想象的要明亮，能让你画得更大胆。

我在艺术学校的导师看到我这样作画时嗤之以鼻。她说，这样既胆小又过时，没人这样画了。自从印象派以来，没有一个真正的艺术家会打彩色的底色。那样做的全部意义在于消除对空白画布的恐惧，但你必须面对这种恐惧。那个学期剩下的时间，她几乎再也没有评论过我的作品。毕竟她对画画不是那么感兴趣——没人感兴趣，尽管那名义上是所纯艺术学校。他们喜欢观念艺术。

我报名参加了一个私人写生课程,那里的导师也坚持要求你直接在白色上作画。他们都是对的。当你在白色上作画的时候,颜色是完全不同的:更明亮,更鲜艳。不透明的上了底色的表面也会反射出更多光线,哪怕上面有其他颜色也是如此,尤其在使用油彩的情况下。画面在各方面都更有活力了。在一段时间里,这一点令人振奋。

我凝视着画布,凝视着我的调色板,拿起调色刀,把挤出来的颜料进行混合,一开始白色的那一条很棘手,但随后它让步了,黄色的赭石变成了奶油的颜色。我停了下来。我一度以为,如果回到我觉得最舒服的方式、我最初学习的方式,可能会带来帮助,但事实并非如此,我只是在拖延时间。我撕掉最上面的调色板,把它折起来。真是浪费颜料。然后我坐到桌子旁,看着莫丽。她正在剪裁、粘贴、制作拼贴画和潦草的炭笔画,用一些大概是项目最初灵感和构思故事的东西填满素描本。她完成了一幅气生植物的画,是照着她面前的笔记本电脑上的网页临摹的。是大三色,这种空气凤梨高大纤细,有头发状的叶子。她用白色木炭画在黑纸上,画得不是特别仔细。她从画板上把它撕下来,塞进书里。"唐娜丽女士说我最少要有十张这样的画。"她说，然后翻了个白眼。虽然我只离开几个月，但她已经在这段时间长大了。她坐得更直，说话的声音也更大。

"唐娜丽女士。"我说。

"她说如果我不注明灵感来源，会被扣分。我怎么知道灵感是从哪里来的？"

"那是从哪里来的？"

"我不知道。妈妈整理东西捐给癌症商店，发现了这个玻璃玩意儿，然后我们去网上查了一下。"

莫丽开始画另一张。我坐到她旁边看着屏幕。小精灵。这些空气凤梨看起来像羞涩的水下生物，像蜘蛛或海葵，或者来自另一个星球的生命形态。莫丽为小精灵画上红色的尖。"你不是在画什么东西吗？"她说。

"对不起，"我说，"我让你失望了吗？"

"没事。"她说，然后突然出现了一阵沉默。她看了我一会儿。然后移开视线，嘟起嘴唇。她已经摘掉了牙套，她曾经戴过一条完整的火车轨道，上牙和下牙，中间是橡皮筋，她还在拨弄它以前所在的位置。"发生什么事了？"她飞快地说，"我是说——到底发生什么了？"

"我不知道。"我说，然后又出现一阵沉默。

"来，"她说，"你能帮我画一张吗？"

她撕下一张黑色的纸，把木炭盒推到我们两人中间，然后转向笔记本电脑，滚动屏幕。"我需要这个——大白毛，或者你可以画这个，美杜莎。"

"我都可以。"我说。

"那就两个都画吧。不需要画得多好，我只需要表明我做过它们。"

我从大白毛开始画起，厚厚的紫色花穗和孱弱的银色叶子。我们都无声地画了一会儿。"我有没有告诉你我碰到了维罗妮卡？"我发现自己说。

"维罗妮卡？"莫丽说，"维罗妮卡·莫尔？"

"是的。维罗妮卡·莫尔。"小时候，住在老房子里的时候，维罗妮卡曾是我们的保姆，那时她家住在隔壁。有时，当她白天照看我们的时候，会把我们带去她家喝橘子汁，吃饼干。我们隔着两家前院之间的篱笆看着她把马丁靴喷成紫色，一周后，她不得不再喷一次，这次喷回了黑色，因为她男朋友说他受不了那种颜色。

"你在哪里碰见她的？"

"一个酒吧，而已。"

莫丽等着我继续说。看我没说，她问："然后呢？"

"就是这样。"我说,然后她翻了个白眼。

"看到她很好笑。"我说。

"是啊。"莫丽含糊其辞地说。

我无法解释遇到维罗妮卡·莫尔是件多么奇怪的事情,看到她,并且意识到我们之间已经几乎没有任何区别了。那若干年的时间曾经是一道鸿沟,但鸿沟已经缩小,小到我们发现彼此同在伦敦东区的一家酒吧。这在过去看来是不可能的,甚至有些——神奇。

"嗨,"我醉醺醺地,张口结舌地说,"维罗妮卡,是我。"坚持拉着她穿过人群去见我的朋友。"这是维罗妮卡,"我宣布道,"她做过我的临时保姆。"几个人跟她打了招呼,彬彬有礼,但并不感兴趣,其他人打量了她一下,又把她晾在一边。我为她红了脸。"她做过我的临时保姆。"我又说了一遍。她穿着一条简洁而合身的连衣裙,裸色的系带高跟鞋,化了很浓的妆,头发拉直。我意识到她看起来像个秘书,我的脸又为自己变得滚烫。我试着再多说些什么,但什么也想不起来。

"好了,"最后她说,"我还是回去吧——"她指了指跟他一起的男人,慌张起来,我想知道自己是否打断了一次约会。

"好的!"我说,接下来不知道还能做什么,于是脱口说,"我们一定得交换电话号码,偶尔见见面!"

她眨了眨眼睛。"当然,"她说,向我复述了她的手机号码,"好吧,代我向你妈妈问好。"

"我会的!"我说。我说的每句话末尾都有个响亮的感叹号,我都能听见它们。

"有一次她把她的马丁靴染成了紫色,然后又不得不染回黑色,因为她男朋友说他受不了紫色。"我说,不是冲着任何特定的人,但没人听见,也没人回答。

我站起来,穿过餐厅走到餐具柜前,那里放着莫丽邮购来的空气凤梨,用密封的塑料泡沫装着,放在独立的聚苯乙烯板中。它们让人想到登月,想到别的世界。《蓝色彼得》中的卡纳维拉尔角。小学时风靡一时的宇航员牌冻干粉块冰淇淋。莫丽的项目是个好项目。

"你要搞艺术吗?"我说。

"什么意思?"她说。

"比如说考个 A 级。"

"不,不。要学生物,你得会生物、化学、物理和数学。这只是为了表明我是个全面发展的人。"

"这是个好项目。"我说。

她看着我。虽然我们差了四岁,但小时候我们很亲密。不过在我十几岁的时候,我一度对她很糟糕。我不允许她穿跟我差不多的衣服,甚至不允许她梳跟我类似的发型。我们长得不像,一眼看上去不会发现我们是姐妹,她上中学的时候,我会在走廊里假装不认识她。她的牙齿不好看,还戴着眼镜。我害怕她会让我社死。

"说真的。"我说。

"谢谢。"她说,仍然充满警惕,仍然怀疑这是个陷阱。

那周剩下的时间里,我每天晚饭后都帮莫丽画素描。我甚至帮她重新画了那些潦草的炭笔画,尽可能模仿她的风格,免得唐娜丽女士起疑心。做完后没有其他事可做,我溜达到厨房,妈妈正在那里叠衣服。"妈?"我说,把头靠在她脖子上。

"嗯?亲爱的。"她停下手中的动作,把一缕乱发从我额上拨开。她的手指干巴巴的,还长了茧。我突然想起我们小时候水槽上方窗台上的那罐阿特克苏护手霜,想起我把手指插入滑腻冰冷的白色乳霜的感觉。这段记忆如此逼真,以至于一瞬间我都能闻到它的味道。阿特克苏,煸炒的洋葱和大蒜,把鼻子贴在我父亲的人字呢大衣上时寒冷潮湿的空气。这一切都在我心里涌动,我做过的一切,我失去的一切。我的喉咙隐隐作痛。"怎么了,亲爱的?"妈妈说。

三年级的时候,我们在学校看莉亚·贝茨的录像带。来学校放录像的青年工作者只打了一边耳洞,以显示他很酷,但他有糟糕的胡碴皮疹,在面对一个全女子学校时流露出明显的尴尬,这让他威信扫地。我们察觉到了他的不安,当他做开场白时,我们毫不留情,争先恐后地模拟一些别人向你提供毒品而你又不可能说"不"的场景。这些场景古怪离奇,十分荒谬。人们都说,当时在贝尔法斯特接触到毒品的几率几乎为零。我的父母则说,这真是不幸中的万幸。

当他给我们播录像时,气氛发生了变化。当莉亚·贝茨吹灭自己生日蛋糕上的蜡烛,摄像机闪烁着咔哒咔哒记录下这一切,她的生命只剩下一个小时了。"她说她的头很疼,"莉亚最好的朋友说,"她的腿没有知觉,她想见她的妈妈。"最可怕的地方在于：这一切发生在她自己家，她自己的客厅里，她的家人也都在。录像中出现了很多这样的镜头：浴室里桃红色水槽的静止画面，莉亚·贝茨就是从这里弄到了杀死自己的水，然后是一个漫长的冷水龙头的特写，包括它的亚克力把手，还有随意垂挂在四周的带链条水槽塞。你永远都不安全。事后，青年工作者用蓝丁胶贴了一张她的海报，她在呼吸机上耷拉着脑袋，已经脑死亡了，我们都哭了，互相拥抱，向他、向彼此，也向我们自己承诺说永远不会吸毒。"只要说不"就是你要做的一切。这就像一个护身符，一个能保证你安全的神奇咒语。只要你说着"不"漫游生命之河，就不会有任何伤害降临到你身上。

我没有任何理由说"我可以吗？"。

第一次我只是看看，没有人试图给我压力。我转而抽了一根大麻，但我并不喜欢它给我带来的那种沉重、恶心的感觉，没有人笑，也没有人说我是个乡巴佬，说我是个保守的人，或者任何我看起来必然像、必然是的那种人。第二次是传过来的，我就那么接过来了。事情就是这样的：你不必说"不"，你甚至不必说"是"，而且，没有人在乎。我可以吗？当然。小事一桩。

他们是用水烟枪抽的，这是有人在网上看到的技巧，这样更节省：用量更少，而且更有劲。没有发黑的锡纸或茶匙，当然也没有注射器。他们称之为"鸦片"，在过去的一周里，他们一直在谈论柯勒律治、雪莱，还有托马斯·德·昆西，谈论地下丝绒乐队。

我拿起烟瓶，用嘴唇叼住烟管湿润的喷嘴，然后吸气。几乎就在同时，我的皮肤开始发麻，然后刺痛，就像大头针和缝衣针刺在身上，我以为我会当场呕吐，当着所有人的面吐到所有人身上，我无法停止想起莉亚·贝茨。从现在算起，十分钟后，她就会痛苦地尖叫起来。半个小时内，她就会死去。她以为自己很好：她笑着，跳着舞，享受她的派对，但时钟正在为她倒计时，这是她生命中最后的几分钟，仅有的几分钟。

但这种震颤的感觉过去了，水烟枪下一次传过来的时候，我又吸了一次，这一次我感觉自己的呼吸变长了，我身上所有尴尬、笨重的东西都消失了，好像多年来，我一直把呼吸紧紧憋在胸口，然后终于，我可以放开它了，我想，就是这样了。头昏眼花的半个小时之后，我四肢瘫软，恶心想吐，但我没事。我做到了。海洛因。我的生命现在有了一个前后的划分——这是以前从未有过的。

对其他人来说，这似乎并没有改变什么。一开始我也想不明白。我意识到，对他们来说，即便在第二天谈论这个问题的时候，这也不过是一次冒险，我们之所以要做这件事，只是因为我们年轻，在读艺术学校，而且时值期末聚会。对我来说，原因也没有任何不同。我无法解释，而不知道为什么会这样，我并没有什么创伤要消除，也没有过奇怪或惊人的想法，像别人那样一聊起来就充满热望的想法，我从来没有过。那是一片空白，一种事后的感觉，一种对某些东西进行的赎罪，而我甚至不知道需要为它们赎罪，而这件事如此容易，太容易了。

这是最让我恐惧的事情，在接下来的日子里，我想了又想，无法停止思考这件事。现在我已经做了一次了，还有什么能阻止我再做一次、再做一次、再做一次？我决定，我必须离开艺术学校，离开伦敦。也许这是反应过度。也许这完全是为其他事找的借口。但如果不是呢？

莫丽完成了她的生态箱项目，我们在学校开放日前往观看。某人阿姨怀孕的照片；巨大的、受弗朗西斯·培根启发的高悬的动物尸体的布面油画；用锤平压扁的可乐罐铆接而成的裙子——在所有其他的 GCSE 和 A 级艺术作品中，大生态箱和那串小灯泡似乎并没有获得足够的空间：获得艺术奖的是别人。莫丽说这没关系。我们所有人，妈妈、爸爸，还有我，都说她应该得这个奖。我已经赢了。莫丽说，这真的无所谓，反正她做这件事也不是为了 A 级考试。

唐娜丽女士向我问好，但故意没问我怎么样，也不问我在做什么。我笑了笑，说我不喜欢伦敦，我太想家了，明年我可能会重新申请阿尔斯特大学。话说起来很轻松，而且听起来好像是真的，至少有可能是真的。我感觉在我说这些话的时候，我的父母并没有相互对视，但我听到了他们充满解脱的无声对话，听到了其中的每一个字。"啊，所以你还在画画。"唐娜丽女士说，我笑着点了点头，大家都在忙着控制自己，让自己对阿尔斯特大学的事表现得轻松淡然，以至于他们没有注意到这是个谎言。

回到家后，我躺在床上，凝视着慢慢旋转的生态箱。有那么一瞬间，我想把它砸碎，把乐高女战士和她的一小把砖头从蕨类植物蛛网般的魔掌中解放出来。但我想这可能会伤害莫丽的感情，所以我没有这样做；我只是让它挂在那里，继续旋转。

# 不可磨灭

我女儿去世前的倒数第三天,她跑进厨房,说,妈妈,妈妈,你一定要听听这首曲子。

当时我应该是在熨衣服。我有两个上中学的儿子和一个丈夫,他们每天都需要干净的衬衫,有时候我觉得自己除了熨衣服什么都没干。即使是那些所谓的免熨烫面料,也是需要熨烫的。

她就那样跑进来,你一定得记住这个,妈妈,她把名字写在一张纸上,贴在冰箱上。然后,不用说,我立刻就忘得一干二净了。

我们不是那种古典音乐家庭。她爸爸五音不全,至于我,对音乐更是一窍不通。孩子们在学校里也玩音乐,竖笛什么的,但也就到那个程度了。圣诞节的颂歌。《巴士上的轮子》①。我丈夫喜欢听听弗兰克·辛纳屈。但除了这些，我们唯一真正听过的音乐是《X音素》②上面的，或者来自酷调频③，透过地板，从某个男孩的房间传出来。

我女儿对音乐的兴趣出人意料，而且是新近才出现的。这要从她得到那辆车开始说起。她很为那辆车骄傲，我们也为她自豪。她的成绩不够上大学，而且她也没有那个意愿，她一心想做一名幼教；她喜欢待在小家伙们中间。她的两个弟弟一个比她小五岁，一个比她小七岁，她非常宠爱他们。

她得到了一个早期教育课程的名额，但那门课在市中心，需要换乘两次公共汽车，每天上课下课要花很长时间。所以，六年级毕业后的整个夏天，她打了三份工，好赚够钱买一辆属于自己的车。她白天在药店工作，然后每周有四个晚上去一家酒店的酒吧工作，星期天则去老人院打工。整个夏天都是如此。她的朋友们都去了马盖洛夫这样的地方，要么就是特纳利夫岛，但她只是工作，从不抱怨。我们真的很为她自豪。

---

① 《巴士上的轮子》(The Wheels on the Bus)，一首经典儿歌。
② 《X音素》(The X Factor)，美国选拔歌唱人才的音乐选秀节目。
③ 酷调频 (Cool FM)，北爱尔兰一家商业音乐电台。

八月底,她攒够了钱,我们又给了她四百英镑,用来付保险费什么的。她买了一辆樱桃红的雪铁龙萨克索,五年车龄,几乎没有什么里程数。唯一的问题是收音机出了毛病,卡在一个古典音乐电台,如果你想把它调到城市节律或酷调频,它只会发出电流的声音。

她告诉我们的时候,我们说,等到她生日,我们会给她买一个车载 CD 播放器,但她说她其实也不在乎,说她很喜欢早上的古典音乐。早上路况很糟糕,而且似乎每年都在恶化,到处塞满了车,还有上班就要迟到的怒气冲冲的人,她说古典音乐让人平静,让她能够更安全地驾驶。

倒数第二天,她对我说,妈妈你订购了吗?听我说没有,她说,妈妈,看在上帝的分儿上,你就登录一下亚马逊,给自己买一张吧,我已经把作曲家的名字和所有信息都给你写下来了。我保证说我会买,我也的确打算买,但是我没买。

倒数第一天,她自己登录亚马逊,点击订购了一张。三天之后它到了。三天……之后。

\*

我不打算谈论她是怎么死的,还有紧接着发生的事。我不能想象她那个样子。我不想让任何人的脑子里留下那样的画面,甚至不想让他们有机会去想象她那个样子。

\*

我们不知道该在葬礼上播放什么音乐,我甚至都没想去看一下那张 CD。最后,我们按照牧师的建议选了赞美诗,《与我同在》和《你给主的日子结束了》,她在学校的朋友选了博格思乐队里你们那个女人——她的名字我忘了——唱的《感谢有你的日子》。

回到家后,她一个弹吉他的朋友弹了《彩虹之上》的雷鬼版本,我猜你们是这么叫的。最后,我们中间那些一直没哭的也都哭了。

CD 就放在一堆东西里,跟她别的信件放在一起,银行对账单和垃圾邮件、时装目录,还有她订阅的杂志,把里面任何一个拆开然后扔掉我都会受不了,连慈善机构的募捐信也不行。又过了至少几个月，我才强忍着去处理，翻遍那堆东西，联系每一个把她存在自己数据库里的人。即便到了那个时候，我也没把信封扔掉，连贴着她名字的塑料包装也没扔，怎么可能把它们扔进垃圾桶了事呢？

当我终于打开纸箱包装拿出CD时，那个周二晚上又回到我眼前，熨衣服时的潮味、烤箱里的砂锅、楼上打闹的男孩子们，还有收音机上的新闻，她火急火燎地跑进来，我让她小心椅背上堆的熨好的衣服，小心别把它们碰下来。我没有认真听她说，也没有问她为什么。做这些本来很容易，但我当时正忙着，而且晚饭马上就要耽误了，她一阵风似的跑过来，只是在嘈杂和混乱中又增加了一件事。妈妈，妈妈，你必须得听听这首曲子。多容易啊，只要把熨斗放到一边，然后说，哦，真的吗？听起来很有意思，我洗耳恭听，告诉我为什么。

我很想说我立刻就听懂了，但事实是，我没有。可以说，你是猛不丁直接进入的，而且都是猛烈撞击的鼓声和报警器一样的声音，还有尖细的弦乐。我先是吓了一跳，然后感到极其失望。这不是愉快的音乐——这只是噪音，恶魔般的不和谐的噪音，杀了我我也想不出她从里面听到了什么，我想知道她是不是搞错了。我猜，她听到的可能完全是另外一个东西，她听错了播音员的话，或者播音员说的是接下来要播放的那一首，或者甚至是播音员说错了，我想知道有没有办法联系到电台，要一张那天下午和晚上他们播放的所有节目的清单，因为我敢肯定，她跑进来大肆宣扬的不会是这样的东西。但她那么确定，而且我肯定她在购买的时候会反复确认，听一听网上的片段，确保她买对了唱片。她就是这样的人。

想到这里，我没办法强迫自己把音乐关掉。所以为了她，我跪在客厅的地板上，跪在 CD 机前，听完了整张唱片，仿佛在祈祷，一遍遍思索到底为什么会这样，一次次几乎哭出来。当它结束时，我又怀着绝望重新播放了一遍，就当我准备尝试最后一遍的时候，男孩子们放学回来了，他们破门而入。不，不是"破门而入"，那是他们以前的样子。这些日子他们轻手轻脚，至少试着这样。他们轻轻关上门，而不是砰的一声把门甩上。他们在鞋垫上蹭干净鞋子，脱下来放在门廊里，把西装外套挂起来。有很多次我都想尖叫，要他们像以前那样闯进来，在门厅里留下一串泥泞的脚印，大衣随手丢在地上，问吃什么茶点，然后直接去冰箱里搜刮吃的并抢来抢去。那天下午他们悄悄走进来，发现我不在厨房，他们去卧室看了看，最后在前厅找到了我。

我去那里时天已经黑了,而且很冷,我跪在地板上,感觉空空荡荡。因为,当然了,我播放唱片是想拼命获得一个信号,或者,譬如说,一次联结,而毫无感觉比一开始就没有尝试更糟糕,我诅咒自己,因为我放任自己去想象那里可能会有什么东西,因为那就像再次失去她,失去她身上我不知道我已经失去的另一个部分,直到我真的失去了。

男孩子们问我在做什么,我告诉了他们。他们让我再播放一遍,让他们也听听。我对他们说,他们不会喜欢的,说我不知道该拿它怎么办,我实在不知道为什么他们的姐姐这么坚持。我大儿子说,那就把灯打开吧,我说不行,因为我不想让他们看见我哭得多厉害,这会给他们造成影响,会让他们傻眼。所以我们坐在黑暗中,然后我再一次按下播放键。

这时,一件有趣的事发生了。

一开始,男孩子们不就很喜欢吗?他们真心觉得它很棒,按照他们的说法,里面都是太空火箭和火星入侵,《星球大战》和星系间的灾变。我们把音量调到最大,让整个房间都跟着震颤,我是说,你时不时能听到柜子里的婚礼水晶在颤动，好像就要碎掉一样。

而这一次——可能跟男孩子们对它的反应有关——进行曲的部分已经开始让我联想到开拔的部队。它现在听起来天马行空，有一两个瞬间，我能听到刀剑之类的东西在闪闪发光。即使是那些不成曲调的缓慢段落，现在听起来也比以前好。所以我们就那样坐在那里听，时不时地，我最小的儿子会弹起身来，四处跳动。自从——好吧，自从"那时"起，我就再也没见过他这么活泼了。坐在黑暗里可能是有帮助的，音乐发出系统所能发出的最大音量，当鼓点响起的时候，地板都在嗡嗡作响，振动直接穿过我们的身体，就像我们真的在音乐里面一样。那是一种……解放。

听起来我好像在说胡话，但那就是我的感觉。我们把它从头到尾听了一遍——我不敢相信我的儿子们能做到，超过半个小时——当它在那种巨大的兴奋中结束的时候，男孩子们都瘫倒在地上，为他们打过的战役而咯咯傻笑。那感觉就像——该怎么说呢？——就像从混乱和愤怒中夺回了一些东西。

那天晚上，男孩子们上床后，我把它播放给我丈夫听。不过不太一样：我们坐在沙发上，开着灯，音量适中。为了避免看他——因为我发现观察他的反应会让他不自在——我拿出封套说明。CD配了一本小册子，里面有一些文字。上面说，这部交响曲是在大战的背景下写的，即我们所知的第一次世界大战，还引用了作曲家写给妻子的信，信里一一列举他想做什么，他想实现什么，表达了生命将如何永远获得胜利，世间万物——"不屈不挠的"，这就是它用的词——生存意志，不管它是人类、动物还是植物。

我的丈夫并没有真正听懂，他点了点头，假装理解了，但我只是告诉他，再多听几遍。面对那样的音乐，有那么多层次和故事，还有大段大段你甚至不认为是音乐的东西在里面，你需要时间和重复，让它在你内心深处交织起来。

都听你的，他说，当我向他解释完后，他在沙发上向我这边挪过来，用手臂搂住我的肩膀，我把头靠在他身上，感觉我们是第一次互相碰触，而不是我们当中的某个人或两个人同时抓住了救命稻草。

你知道吗，有时你会好奇，她是否以某种方式知道了。我的意思是说，她当然没有预料到自己的死亡，但你有时忍不住这样想。

我不想暗示一切都突然变好了，因为当然不会……直到现在也没有。但是，当我回想起那一年和那之后无尽的岁月，那个晚上在某些方面像个转折点，是对希望的一瞥。

如今，那部交响曲我已经听了很多遍，但每当我谈起它的时候，我仍然会搞错它的名字；那是个笨拙的名字，并且不容易理解。我称其为"难以辨别"，而不是"不可磨灭"，我必须马上闭嘴，免得有人去搜索它。但我想那本身就有一种意义，因为我们都是不可辨别的人，我们并不富有，也不出名，也不是什么大人物，但音乐也是为我们而存在的。你认为你必须受过教育，或很聪明，但你并不需要。

苍天有眼，受结尾那场战役的启发，不久前，我最小的儿子开始学习打鼓，我们从 eBay 上给他买了一套鼓作为他十六岁的生日礼物，尽管只能放到车库里。

"不可磨灭"：这是一个笨拙的词，表达了一些文字无法表达、音乐却可以表达的东西，一些关于我们生存于此的东西——活着——还有希望，即使没有也是一样。生命的整体是一个很大的东西，总是处在移动中，像一条巨大的奔腾的河流，而我们只是其中小小的水滴。

现在，我的大儿子已经十八岁了。有些日子我仍然觉得早上无法起床。但你做到了。你做到了是因为你必须要做。你做到了是因为这不仅仅是关于你——也是关于其他人，某些比你更大的东西——而音乐也是如此，或者这就是它想提醒我们的东西。

不完全是这样，我很明白我无法完全说清楚。有时候，生活还在继续并不是一种安慰。恰恰相反。有时我对自己说，音乐是女儿送给我们的最后的礼物，因为我们现在一直在听，我们有一整架古典音乐CD。当然，其他时候，我愿用有史以来写下的每一个音符去交换一次见她的机会，五分钟就够了，一个拥抱就够了。我不相信有来世，就像牧师们所描绘的那样。蓬松的云朵和竖琴，你爱的人将生活在永恒的春天。但我也并不认为我们的生命会结束，永远不会。不管生活对你做了什么，哪怕在我们所知道的生活结束之后，仍会有东西留存下来，不能被摧毁或扑灭。所以，我们有了这个词，因为没有更好的了：不可磨灭。

# 塞浦路斯大道

十二月总是很艰难,而今年的十二月将是最难的。你会觉得自己挣扎着去承受它的重量。你会比以往任何时候都更想甩掉它,就这一次,就这一年,然后你会发现自己在电话上对妈妈说,我可能真的回不了家了。最后一个字会卡在你的喉咙里,然后你会听见她听见了这个字,你将感觉到自己的心跳。你妈妈会清清喉咙,什么也不说,等着你开口,航班都订满了,而且我老板……

但是,你在脑海中演练的那些如此有说服力的借口到了嘴边就会消失。你会想象她的样子,站在四处漏风的走廊中间,身上是夹棉背心和围巾,因为这些日子,即使把中央暖气开到最大,她也感觉冷极了,她拿着装在亮粉色树脂外壳里的手机,脚边扔着吸尘器、脏衣服或者当你打电话时她正在做的随便什么东西。妈……你会说,然后她会说,哦,没关系,我理解。于是通话结束时你会说,我这就去网上看看，然后你挂断电话，诅咒你母亲，诅咒你自己，最终，你会像往常那样，于十二月二十三日在出发大厅等待，一家所谓的廉价航空公司宣布那个被无限期延误的、飞往贝尔法斯特的航班正在办理登机。

去往贝尔法斯特的航班总是被分流到机场一个遥远的角落，这是以前它的乘客总需要被围堵、被监视所留下的后遗症。这是一个流亡者的航班：可能有少数英国人或者有一半英国血统的孩子在圣诞节去北爱尔兰看望他们父母的家人，但大多数是那些已经永久离开的人，他们都在最后一分钟赶回去，大部分人满怀愧疚，一部分人多愁善感，很少有人心花怒放。

一脸疲惫的地勤人员穿着廉价的束腰外衣，头戴闪闪发光的圣诞帽，当他们开始发放食品和饮料券的时候，你已经快被延误三个小时了。你刚刚放下手中的书，开始研究一张张面孔，听他们说话。很奇怪你的耳朵调谐得那么快，突然间，地勤人员的英国腔听起来太响亮、太粗鲁，如此肯定又如此不合时宜。你已经失去了你的口音，很多年前就失去了，而且多半是故意的，但是，当你接过优惠券时，你会听到自己的元音在收紧，你嗓音中的曲折变化也在悄然回归。你们当中的一个,我们当中的一个,他们当中的一个。

这个出发口只有一个酒吧,里面总是挤满了人:满头大汗、满心不悦的乘客带着太多随身行李,猛灌着啤酒,倾倒着大杯大杯的葡萄酒。当你设法走到前面时,你会发现自己被挤到了那个年轻的印度男人旁边,你先前已经注意到他了,他站在面向跑道的窗户旁边,高大而沉默,一动不动,只是盯着湿漉漉的停机坪上飞机的灯光,似乎身处一个完全不同的世界。对不起,当你撞到他时你会这样说,然后他将对你微笑,用味道最冲的贝尔法斯特口音对你说,别担心,没事①。一瞬间,他会发现你对他的贝尔法斯特口音很震惊,你也看出他发现了这一点,然后他将再次微笑,这次是一个更小、更紧绷的微笑。

你好先生,酒保对他说,你好,先生?

请来一杯健力士黑啤,他说。从酒保脸上无措的表情可以看出,这已经是这个可怜的人第一百次解释优惠券不能兑换酒精了。

那么我们能换什么?你会听见自己提高音量,有点

---

① 原文为 you're grand,是典型的爱尔兰英语方言,表示"没关系,没事"。

嬉皮笑脸，为不经意间暴露了自己的那一刻做过度的补偿（和他们，我们）。贝尔法斯特人会惊讶地看着你，咧开嘴，跟你相视一笑，与此同时，酒保列出了可供选择的软饮，最后用作结束的是一连串的盐加醋①、奶酪洋葱派或原味薯片、KP 坚果，或者培根口味的烤虾小点。培根口味的烤虾小点！贝尔法斯特人会假装不敢相信地大喊。我长大后就没再吃过这些东西。给我们都换成培根口味的烤虾小点，他会伸手拿过你的优惠券，连同他的一起塞给酒保，酒保仍一本正经，而你会大笑起来。

初步相识之后，他会提出请你喝一杯。说好的。甚至不用说好的，只要别说"不"就行。犹豫一下，那就足够了。

在酒吧边缘弧形的黄铜栏杆旁边，你和尼鲁帕姆——这是他的名字，尼鲁帕姆·乔杜里——会碰碰酒杯，开始跳起"找相同"的传统舞蹈。结果你会发现，他长大的地方离你家有几条街远，那是塞浦路斯大道的一个大房子，你会发现你们甚至短暂地上过同一所小学。

---

① 盐加醋（Salt'n Vinegar），一种蔬菜脆片的品牌名称。

突然，一段回忆会浮现出来：那个瘦小而害羞的巴基斯坦小孩和两个胖乎乎的中国姐妹被带到台上庆祝中国新年，你会为他、为学校、为那些话感到尴尬难忍，而他会在你脸上看到这一切，再次露出那种紧绷而悲伤的笑容，然后说，是的，那是我。

你会说，我很抱歉，而他会喝一口啤酒，然后说，嘿，别放在心上。

在接下来短暂的沉默中，你会发现他比你大三岁，你会发现自己脱口说，你不记得我姐姐吗？詹妮，你会说，她的名字叫詹妮。

他开始摇头，然后停下来，意识到你用的是过去式，他会说，是不是六年级去世的那个简①？这下轮到他说对不起，而你会说，就像你总说的那样，没关系，你会说简去世的时候我只有六岁，连我自己都不记得她了，真的不记得。

他将把目光移开，然后说，第二年，我爸爸和我的小妹妹在一场车祸中去世了，然后你会开始意识到，这听起来也隐约有些熟悉。就像人们为詹妮所做的那样，可能

---

① 简是詹妮的昵称。

是一场特殊的集会，然后全班都在同一张卡片上签名。尼鲁帕姆会说，他是一名外科医生，在皇家维多利亚医院工作，他去世后，我一度希望我妈妈能搬走，希望我们能搬回英国去，但她一直不肯。

他会喝完他的啤酒，说，我搬回去了。一有机会我就搬回去了。

我也是，你会说，然后你会听见自己说，我一点都不记得詹妮的事，真的不记得。我记得的一切都来自照片。照片，还有我父母的讲述。没有我自己的东西。

他会说，有一次她给了我一包薯片。我一直没有忘记这件事。想到这里他眼睛亮了。没有人愿意坐在我旁边，或者在操场上跟我说话，但是她会，而且她还分享了她那包薯片。

哦好吧，你会说，想装出一副热情的样子，因为不可能是詹妮。你妈妈在一家营养师事务所工作，她绝不会允许你们两个人中的任何一个吃薯片消遣。但这似乎不值得指出来，再说，你也不想打破眼前这个局面。

你们会喝上一轮，继续交谈，直到——这次延误已超过四个小时——航班终于广播了，在登机的混战中你们会设法坐在一起，并一路交谈到贝尔法斯特，还包括在行李传送带旁边等待的全部时间，并且一直到出口。

你们沿着破旧的地毯走下去，那上面用四五种语言编织的"欢迎来到贝尔法斯特"字样看起来总是疲惫而勉强，或者充满讽刺。尼鲁帕姆会用一种可笑的口音大声宣布，昏迎来到贝尔法斯特①！看上去不会再有更好笑的笑话了，你们两人会大笑，直到你发现自己在哭。喂，他会抚摸你的手臂说，没事的。

我知道，你会说，抽着鼻子。我很抱歉。看看我这样子。只不过，你懂的。

我懂，他会说。

以下将是你们谈论的内容。你会告诉他你一直都感觉很孤独。你会告诉他，人们在主日学校解释说，我们失去的人会一直看着我们，这句话的目的本来是安慰，却让你感到害怕，因为你联想到，詹妮会在你肩膀上跟踪你的一举一动，清楚你的每一个念头。你会告诉他，有很长一段时间，你不确定她在何处结束，而你又在何处开始。你是因为詹妮才开始喜欢读书的。她有几百本藏书，因为她

---

① 原文为 Wilkommen an Belfast，即 Welcome on Belfast，是爱尔兰口音中特有的元音收紧的特征。

曾经有很长时间卧病在床,除了读书什么都做不了,而你把它们都继承了下来,一开始你因为内疚而读,后来你因为寂寞而读,再然后,你读是因为这已经成了习惯。现在你是一家小出版社的编辑助理,你明白你的父母很想知道——尽管他们从未说起过——这是不是就是詹妮想要做的事。

他会告诉你,他也曾试图为他母亲弥补失去丈夫和女儿的痛苦——他的父亲是顶尖的外科医生,他的妹妹没有机会成为或做到任何事情,所以对他母亲而言,她无所不能。但他做不到:第三年他就从医学院退学了,并且花了将近一年的时间才鼓起勇气告诉母亲自己做了什么。他现在是体育记者,她仍旧为他骄傲,把他在报纸上的文章剪下来并贴到剪贴簿上,买许多份给自己的朋友看,这样原件就不会被弄旧了。他也会有点腼腆地告诉你,他正在利用业余时间写一本书,关于一个来自德里的小男孩在贝尔法斯特长大的故事,他骑着自行车经过塞浦路斯大道。突然间,你会想起,有一次,你父母觉得詹妮的身体有所好转,于是给你们每人买了一辆自行车,你们整个下午都骑着自行车,一直骑到太阳落山,你看着你的姐姐在你前面疾行,在塞浦路斯大道的树丛中一隐一现。

你会意识到，你并没有完全忘记：她还在那里，就在你身体里，她的这部分是属于你的，而且只属于你，现在，尼鲁帕姆又把它带回来了，没有人可以再把它带走。你知道了如何去记住她，这就是你会对着那块愚蠢的破地毯又哭又笑的原因。

你穿过到达大厅的滑动玻璃门，走入结霜的夜晚，这时你会一时冲动，邀请尼鲁帕姆·乔杜里和他的母亲第二天——也就是圣诞夜——去你父母家喝热红酒。一说出来，你就想知道自己是不是犯了个错误，不知道你的父母会怎么说，或者尼鲁帕姆和他母亲愿不愿意来。结果，当你告诉父母你邀请了他们的时候，你母亲会记起安杰丽·乔杜里，她们曾经去布鲁姆菲尔德长老会的教堂大厅参加同一场亲子活动。她会说，记得吗，你从没见过那么明亮的眼睛。她说，记得吗，那时候我们詹妮和他还在学走路。

平安夜，你父亲会在客厅里生上火，你们五人将围坐在炉火旁，喝热红酒，吃乔杜里太太亲自烤的百果馅饼①。当然，你们会说起詹妮，还有乔杜里先生和尼莎。

---

① 百果馅饼（Mince pie），英国的节日甜点，由切丁的果干、种子和各种香料混合而成，通常在圣诞节和新年期间食用。

但你们也会谈论其他事情，谈论伦敦、书籍，还有贝尔法斯特的变化。

当话题转向贝尔法斯特的时候，你会感觉局促不安。尼鲁帕姆比你尽责多了，他经常回来。你每年只回贝尔法斯特一次，一口气过完圣诞节和节礼日①——那也是詹妮的日子，然后在二十七号返回伦敦。但是现在，有史以来第一次，你允许自己去设想也许几个月后你会再回来，那时候白天已经开始变长了。你会沿着塞浦路斯大道和所有你曾经玩耍过的街道散步，桑德福大道、桑伯里大道、伊夫林大道和克里斯顿路，也许你会继续走，走完整个上纽敦纳兹路和阿尔伯特桥路，然后在阿尔伯特桥上稍作停顿，尽管它并不可爱，车流，破败的休闲中心，火车站，看椋鸟在夜晚城东的上空聚集和俯冲。

然后，你会瞥见尼鲁帕姆的眼睛，他好像一直在读你的心思。

今年的圣诞节将一如既往地安静，但它将是一种宁静的安静，而且这一次，当你们三人戴着纸帽坐在冰冷

---

① 节礼日（Boxing Day），即圣诞节次日12月26日，是英国和大多数英联邦国家的法定假日。

的饭厅里，你父亲切着火鸡、你母亲分着蔬菜时，当你们喋喋不休地谈论愚蠢的、无关紧要的事情时，你不会再感觉荒谬。

# 留在这个世界的理由

# 访问

顾问医师带着八九个人进了房间。我们对这一切很陌生，还不到二十四小时那样的陌生，我们还不知道这预示着什么。跟顾问医师在一起的是主治医师和两名住院医师、资深护士和其他护士，甚至还有昨天凌晨三点钟跪在我身边的实习护士，那时她告诉我，她刚出生的儿子是早产儿，必须在医院里度过生命的头六个星期。我们的儿子是个九天大的足月产婴儿，我们仍在希望这不是什么严重的事情，一个小毛病，一次假警报。短暂的安慰过后，我感觉很羞愧。现在我看见了她的眼睛，笑了，然后她也回以微笑，却先于我移开了视线，尽管我是在后来、很后来才想起这一点，因为紧接着，顾问医师开始说话了，没有任何开场白，她说的第一句话是，不是个好消息。

**老生常谈**

言词不会让我们失望。问题恰恰相反：有太多词了，太多的词连同太多的音节。还有一些我们希望并不存在的词，尤其是这些。百分之五十。

**数字游戏**

百分之五十。一半一半。正面或反面。是或否。我们面面相觑，带着恐惧说那个词：一半一半。但是，随着时间累积（两个小时，三个，十二个，二十四个，三十六个），他的体温仍然没有得到控制时，我们开始带着一种绝望的希望说出它。一半一半。我们将采纳这个说法。还有"所有幸存者中的一半"。我们也会采纳它。我们什么都可以接受。我们一遍一遍阅读顾问医师留给我们的宣传页，甚至称不上是个宣传册，只是五张污渍斑斑、越来越卷曲的复印件，在左上角订在一起。我们读着，希望自己漏掉了一个段落、一句话或一个统计数字。但从来没有。

他太小了，我们甚至还不知道他的眼睛会变成什么颜色。

## 健康人的王国和病人的王国

在夜里最黑暗的时刻——其实一点都不暗，而是被机器的红绿光晕、闪烁的黄色数字、走廊上的灯带以及外面护士站的明亮灯光所穿透——我惊惶不安的思维掳掠着它的积蓄，抛出各种残渣、废弃物、不连贯的图像和逐渐淡忘的一言半语，试图把事情变合理的一次绝望尝试。我想起了健康人的王国和病人的王国，这个短语出自我学生时代读过的苏珊·桑塔格的一篇文章，我已经很多年没有读过那篇文章了，但我不知为何记下了这些。这几个词在我脑中盘旋，就像一首朗朗上口的流行歌曲，卡在了副歌的部分。健康人的王国和病人的王国。这是真的：我们已经跨越了一条边界。当人们从他们自身生活的遥远领地给我们打电话的时候，他们的声音细小、扭曲：线路上存在一个时间延迟，而原因并不仅仅是医院时断时续的信号接收。在过去的几天里，那些跟我们最亲近的人已经学会了我们的新词汇，并试着用笨拙的发音说出它们。他的体温怎么样，观察结果如何，他的验血结果。头孢曲松，制霉菌素。再插管。静脉注射。我们飞速获取新的词汇，一系列的首字母缩写和简写——GBS①，PCR②，LP③。其中一些从青少年时期看 *ER*④ 时就了然于心了。给我开一份心电图和生化七项。九十/六十，还在下降。解除。当医生使用某个我们不懂的词汇时，我们会点点头，然后等他们走后，我们再去谷歌。作为这片土地上的新移民，我们不愿意承认我们的弱点、我们的失败之处。我们会掌握这门语言的，并在这个过程中夺回控制权。收缩压，舒张压，脉搏/血氧，统计。或者，也许根本不是那样。也许希望在于，如果我们学会这门新语言，如果我们遵守这片异国土地上的规则，低下头，充满感激、热切渴望、卑躬屈膝，那么总有一天我们会被允许回家去，否则我们就会混入其中，直到我们能在丝毫不被注意的情况下越过边界溜回去。

---

① 新生儿 B 链球菌感染（Group B streptococci），简称 GBS。
② 聚合酶链反应（Polymerase chain reaction），简称 PCR。
③ 多个医学术语可缩略为 LP，如光感（light perception）、低压（low pressure）、不稳定蛋白（labile protein）等。
④ 中文名《仁心仁术》(*ER*)，医疗主题电视剧。

## 母乳

他太虚弱了，无法进食，所以我每次喂他一滴，一小时接一小时，一滴接一滴接一滴，滴在我小指的指尖上。然后我把奶挤到一个注射器里，每次压半毫升到他松弛的嘴巴一角。有一些被他设法咽了下去，大部分流了出来。即便经历了新妈妈乳头皲裂流血的痛苦，我依旧想念他那热乎乎、甜腻腻的小嘴，他吮吸时的紧迫感，他进食时的拉拽。我的乳房被无用的乳汁弄得肿胀发热，皮肤紧绷，闪耀着愤怒的红色斑块。我把自己挂在一个医用级的吸奶泵上，按下按钮，从身体里榨出乳汁，我的乳头肿得像覆盆子。黄色盖子的小奶瓶站成一排；所有他应得——却没有得到——的乳汁。我一直以为，"哺乳"是喂养一个婴儿的隐晦说法，一个避免说出"乳房"的委婉用语。但是现在我明白了。我在用我唯一能做的方式照顾我的儿子，最好一次只喂他一滴，希望育儿书上所有关于母乳神奇功效的说法都是真的。他们说我必须停止喂奶，同时把我的乳汁拿去化验，以确保我没有通过乳汁感染他，那一瞬间我想死，在我为这个想法及其卑鄙的自我沉溺感到羞愧之前,就去死。

## 那些花儿都去哪里了?

这好像已经成了我唱给他听的歌,一边唱一边摇晃双臂哄他入睡。有时我得唱好几遍他才会就范。所以我们转了一圈一圈又一圈,一代又一代的年轻男人一次次变成士兵,变成墓地变成花儿。就在我们窗外几英里的地方,人们正把带铁丝柄的陶瓷罂粟花插到伦敦塔周围的地面上,用以纪念百年来的亡灵[①]。此时此刻,这个世界跟我们的距离,就像那些死去很久的年轻人一样远。有时,在他终于进入睡眠之后,我还会继续唱很久,他在我怀里绵软而沉重,监视器导线和静脉滴液管被小心翼翼地拉过他那张小床上紧绷的白色床单,注入永不休止发出哔哔声的机器的餍足中去。我在机器的噪音中吟唱,把自己也唱得昏昏沉沉。有时,我试着给那些士兵唱出不同的结局(所有那些士兵都去哪里了?他们都停止了战斗,每一个人),但我发明的任何东西都无法长久地打破墓地和鲜花、鲜花和

---

① 2014 年,艺术家保罗·卡明斯和汤姆·派普将 888246 朵陶瓷罂粟花插在伦敦塔的护城河边,一朵罂粟花代表了战争期间英国军队的一名阵亡者。

墓地之间的循环。有时候我试着唱别的歌。但我发现自己想不起《答案在风中飘》或者《祖父的钟》的歌词了,甚至包括我童年时最喜欢的《洛克医院旁边》。《神龙帕夫》管用了一阵子,但随后轰然颓圮成悲哀:神龙永不死,它走了,但小男孩却没有。我突然口干舌燥,喉咙变得沙哑,我又唱回花儿,悲哀并没有减少,真的,但幸好没什么意义,现在,轮到第一百次了。

## 日子

日子一天天过去。我们已经数不清了。有人问我们想不想跟医院的牧师谈谈。我们拒绝了,所以他(还是她?)没有来过,但这个提议里的某种东西——也许是医生和牧师的组合——让我想起了拉金的一首诗。我谷歌了一下,它① 比我印象中要短。我们不住在日子里了。我们住在一个永无休止的现在时态里,日夜不分,又日夜都不是,被每四小时一次的监测,每六小时、每八小时、每二十四小时的不同喂药周期所分割,这些组合相遇并消

---

① 应指英国诗人菲利普·拉金的诗《日子》(*Days*)。

逝在一个优雅的四对舞中。我们存下他的尿布给护士收集起来称重。我们把尿布卷成胖乎乎的一小团，放在吸水纸巾上排列起来，右上角清楚地注明时间，我们在日志表中记录下它们的频率和内容。我们还保留了喂食记录表：哪一边，多长时间，活跃程度怎样。这段日子是时间之外的特别时间，像负压室中的空气，悬浮，隔绝，永无休止地自动卷曲着。暗地里，我们希望时间重新开始，又同样希望它不会，因为重新开始可能意味着两件事中的另一件。

## 人格

这是我们知道的关于他的事情。他讨厌他的小床。他扭动、翻腾、挥舞、哭泣，把小小的背部挺得跟钢板一样平整，直到我们抱起他放到我的肚子上，他啜泣，打嗝，直到入睡。他的小床叫"灵感"，栏杆被漆成蓝色和鲜绿色，是人们对他做痛苦之事的地方，尽管他们告诉我们说，他还太小了，无法在两者之间建立起联系。我不信他们的话。他知道。我知道他知道。其他我们知道的关于他的事。他的味道，异常温暖的重量，他急促炽热的小小呼吸靠上我们胸膛或者进入我们脖子时的感觉，他颤动的呼气，他睡觉时双臂甩到肩膀上方以示放弃的方式，他向上拉起的、青蛙似的小腿。每个父母都知道这些，但也是专属于他、专属于我们的东西，好像我们是世界上第一个了解这些的人。别的事情。一个半星期的时候，不知道为什么，他违背所有常理地开始笑了。我们知道医生会说这不可能，会说这是气息，或者肌肉的无意识运动，所以我们拼命把它记录下来，用手机按下一张张照片，拍下视频，然后我们看着对方，放下手机，只对他回以微笑，眼里充满泪水。是的，我们说，就是这样。是的。别的事情。从他一出生我们就爱上了他，那时他被击打地浑身青紫，满身战痕，我们强烈地爱他，爱得出乎意料，我们对他、对彼此说的话是，是你，正因为是他，所以一直都是这样，一直都有意义，那令人陶醉的压倒性的认可的冲动。别的事情。我们知道他身体不好。我们知道。即使没有皮疹、发热或传单上的任何症状，我们也知道他不是他自己，我们奋力去寻求第二种意见，而这一点，还有它为我们赢得的短暂时间，可能会成为他的救命稻草。

## 外周静脉导管

我们入院时，三位医生六次尝试帮他插管，最后他们不得不从新生儿科搬来特殊设备，一种能照透他静脉的灯箱，因为他的血管太细了，肉眼根本无法看到。插管持续了一天，最后静脉崩溃了，整个过程需要再重复一次。现在已经重新做了三次了：在静脉注射药物的强度和作用时长之下，他的静脉相继崩溃。他做过右手、左手，然后又是右手，然后是左脚。这一次，有人说要把导管插到他的头皮里，我们退缩了，说，求求了，不要，求求了。我们看着他的头皮，看到汁液丰富的静脉就在表皮之下，然后我们说，求求了，只能作为最后的手段。护士说，如果他们不得不这样做，他们会给他戴一顶小帽子，不会有事的，你什么都看不见。我们亲吻他的双手他的双脚，他的额头，哭了，我们俩都哭了，然后在医生开始之前离开了房间，但我们听见他的哭声传遍了整个走廊，直到我们用两道双扇门把自己跟他隔开。他出生时，我自己的左手曾尝试插管，但失败了，现在仍是茄子色的，我用右手滑过青紫色的地方，然后拼命按下去。

## 留在这个世界的理由(我们告诉他)

在我——我们——漫长的分娩期间,我告诉他,我(过多且不正确地)用了笑气止痛[1],一时间疯了,尽管当时我认为自己是完全清醒的。我开始跺脚,朝两边滚来滚去,并且用深沉、响亮、不成调的嗓音低吟,在宫缩的间隙,我用正常的声音礼貌、耐心地对我丈夫解释说,我正在参加一场萨满仪式,将我们还未出生的儿子的灵魂从它正在游荡的荒原上召唤过来,我告诉他——我们不知道性别,但我已经知道是他了——出生的时间到了。现在我把这些告诉我们的儿子,我是如何把他的灵魂召唤到这个世界上来的,我告诉他,我会为它而战,对抗那些试图把它吸回去的力量。我丈夫列出了所有的容器——我们这样称呼它们,这是一个隐晦的笑话,我们已经记不清它的来历了——这是我们买来盛放他并保证他安全的东西。他的汽车座椅。他的 Bednest 婴儿床。他的 Sleepyhead 枕头。他

---

[1] 笑气止痛(Gas and air),也被称为安桃乐(Entonox),是一种医疗气体,通常用于缓解分娩时的疼痛。

的 Moby 包被。他的 BabyBjörn 摇篮，他那个带塑形海绵坐垫的浴盆。带新生儿附件装置的儿童椅。半打这样的东西，一整打。列到清单末尾，我丈夫又重新开始写了，一篇连祷文。我们告诉他，这是一个美丽的世界。那个廉价的袖珍收音机正在谈论加沙、埃博拉、紫杉树行动，还有全球变暖，我们看着彼此，就像数十年来、数百年来父母们一定会向新生儿们娓娓道来的那样告诉他，让这个世界变得更好是他的工作。到了某个时刻我们不再给出理由，只是告诉他，留下来。

## 小说

有生以来第一次，小说让我失望了。我无法从自身中想象出自身，甚至无法想象这样做。有天晚上我累坏了，无法想象该如何挺过另一个夜晚，我丈夫主动提出要给我读书。他抓起一本杂志，随意翻开，读了一篇关于布鲁克林一家新开餐厅的评论文章。这是我们在一起后他头一次给我读书。在句子和句子中间，甚至在词与词之间，我睡了又醒，醒了又睡。我们的儿子躺在我丈夫左臂的臂弯中，除了纸尿布外一丝不挂，四肢瘫软，嘴巴张开。我丈夫读着，自我陶醉其中。我从来没有像那时候那样爱他。他翻开一页，读了一首诗，读得有点磕磕绊绊。那首诗是一个儿子对父亲的回忆，父亲是名救生员，有一次救出了溺水的人。诗从具体的回忆转向抽象的冥思，从他那天救下和失去的人们转向头顶的天空和永不停息的海浪。他读完后，我说，再来一遍？然后，再来一遍？

## 众生

在我们出生之前，我们就已经提前决定好了我们要过的生活，其中的事件、人物、选择。我们按照自己想要汲取的教益来做决定，我们所有人都在这里反复生活了很多次，学习新的、不同的课程，在无穷无尽的新组合中反复遇见相同的人。我在一次抽空小睡的轻度眩热中梦到这些，在人造革躺椅和僵硬褪色的多孔毛毯的濡湿中梦到这些，然后，当我醒来之后，有那么几分钟，一切都说得通了，在我的宝贝庄重而明亮的眼睛中，那古老的智慧是如此显而易见，然后我想，你也是来这里教我的，有那么一刻，我甚至短暂地掌握了这一课。

## 家的方向

然后，它结束了，几乎像开始时一样快：我们被告知他的临床表现很好，目前已经保持稳定达四十八个小时，所以我们可以回家了——他们需要这个房间，而我们就住在附近，可以每天带他来三次，接受剩下的静脉药物治疗。所以，我们突然要收拾一周来积攒的东西：廉价的超市羽绒被，我的哺乳枕、能量棒和一包包干果、揉成一团的衣服、牙刷、袖珍收音机、未读的杂志和几管乳头护理软膏，我们把所有东西都胡乱塞进护士给我们的塑料洗衣袋里，因为我们没有别的袋子。然后，我们离开房间，走过整个病区，穿过对开门，穿过走廊，坐电梯下来，然后穿过更多走廊，穿过接待大厅，进入白教堂区午后的混凝土和落叶当中，三五成群的吸烟者和汽车尾气，马路对面蔬菜鱼类摊位上的防水油布，还有纱丽店外一条条飘动的纤薄雪纺。我丈夫每晚都回家睡觉，并且来回跑腿去超市，他用儿童座椅搬着宝宝，大步流星地走在前面，而我的双腿不停打颤。七天来，我只出过医院——其实是走出我们儿子的房间——两次，当一切已不堪承受时，我穿过走廊，坐电梯下到入口大厅，跟吸烟的人们一起站在阳光里，哭泣。感觉时间太快了，不可能现在就回家。好像他们才刚刚告诉我们他病得有多厉害。一半一半。我们是第一个一半，或者第二个，正确的百分之五十。这是机遇，是运气，一九二八年的亚历山大·弗莱明，我们什么都没做，而这让我们感觉恐惧。我在医院那些夜晚所感受到的残暴，我能够、我将要为他的灵魂而抗争的信念，已经消融在日光里了，现在只剩下我们三个人，留下来观察、等待，然后蒙混过关。等等我，我说，突然感觉害怕，我把洗衣袋扛在肩头。我们必须待在一起。我们必须这样做。这就是全部。

## 讲故事

他们说，他太小了，什么都不会记得。他不会记得任何一件事。我们想起他痛苦的眼睛，黑色的，带着不理解、恐惧和困惑，我们不是那么确定，我们之所以同意他们说的，更多是出于礼貌而不是希望。当我写下这些时，他正在自言自语。叽里叽里，咕噜咕噜，偶尔发出愤怒的抗议。叽里咕噜，呃嗯。呜嘀，呱啦。嗝。他的右手，如今终于摆脱了累赘的绷带,正在拍打一只绿色的小鸟,小鸟用一个线圈悬挂在他躺着的游戏垫上方,肚子里装着滚来滚去的珠子。他完全沉浸其中了。呃嗯。呜嘀,呱啦。你在讲故事吗?我问他,在他身边跪下来。他抬头看着我,咧嘴露出他那软绵绵的小笑容。当我回以微笑,并揉搓他那胖嘟嘟的小肚子时,我自己的肚子也在咕咕作响。会永远如此的,我想。但也许已经永远如此了。有时他在睡梦中微笑,吞咽下想象中的奶水;有时他的小脸皱起来,下巴微微颤抖,发出烦恼的哭嚎。然后我们会冲过去把他抱起来,但是,当我们把襁褓中那柔软而沉重的热度抱在怀里时,他再次消失了,而记忆,如果那就是记忆的话,也已经——至少是暂时地——被遗忘了。

Lucy Caldwell
MULTITUDES (THE REASONS TO STAY IN THIS WORLD)
Copyright: © Lucy Caldwell, 2016
This edition arranged with Faber & Faber Limited.
through Big Apple Agency, Inc., Labuan, Malaysia.
Simplified Chinese edition copyright: © 2025, Archipel Press
All rights reserved.

图字：09-2024-0025号

**图书在版编目（CIP）数据**

留在这个世界的理由 / （爱尔兰）露西·考德威尔
（Lucy Caldwell）著；刘伟译. -- 上海：上海译文出
版社，2025. 1. -- ISBN 978-7-5327-9732-5
Ⅰ. I562. 45
中国国家版本馆CIP数据核字第2024WZ1425号

**留在这个世界的理由**
[爱尔兰] 露西·考德威尔　著　刘伟　译
特约策划/彭伦　王冰怡　责任编辑/赵婧　封面设计/一亩幻想

上海译文出版社有限公司出版、发行
网址：www.yiwen.com.cn
201101　上海市闵行区号景路159弄B座
启东市人民印刷有限公司印刷

开本850×1168　1/32　印张7.75　插页2　字数72,000
2025年1月第1版　2025年1月第1次印刷
印数：0,001—5,000册

ISBN 978-7-5327-9732-5
定价：68.00元

本书中文简体字专有出版权归本社独家所有，非经本社同意不得转载、摘编或复制
如有质量问题，请与承印厂质量科联系。T：0513-83349365